바람의 아이

 (주)푸른책들은 도서 판매 수익금의 일부를 초록우산 어린이재단에 기부하여
어린이들을 위한 사랑 나눔에 동참합니다.

푸른도서관 19

바람의 아이

초판 1쇄/ 2007년 8월 30일
초판 5쇄/ 2018년 8월 30일

지은이/ 한석청
펴낸이/ 신형건
펴낸곳/ (주)푸른책들
등록/ 제321-2008-00155호
주소/ 서울특별시 서초구 양재천로7길 16 푸르니빌딩 (우)06754
전화/ 02-581-0334~5 팩스/ 02-582-0648
이메일/ prooni@prooni.com 홈페이지/ www.prooni.com
카페/ cafe.naver.com/prbm 블로그/ blog.naver.com/proonibook

글 ⓒ 한석청, 2007

ISBN 978-89-5798-120-7 03810

이 도서의 국립중앙도서관 출판시도서목록(CIP)은 e-CIP홈페이지(http://www.nl.go.kr/ecip)와
국가자료공동목록시스템(http://www.nl.go.kr/kolisnet)에서 이용하실 수 있습니다.
(CIP제어번호 : CIP2007002114)

표지 및 본문 그림 | 양상용

바람의 아이

한석청 지음

푸른책들

차례

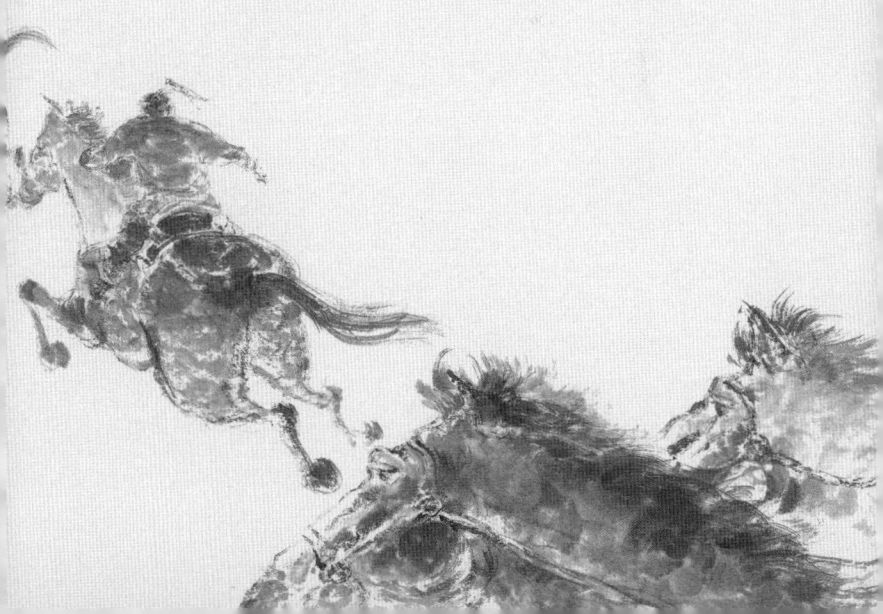

바람의 아이

　깊은 잠에서 깨어난 슬이는 소스라치게 놀랐다. 낯선 방에 누워 있었기 때문이다. 누운 자리는 따뜻했다. 그리고 푹신했다. 누군가 슬이의 얼굴을 들여다보고 있었다. 기다란 수염이며 머리가 온통 하얀 할아버지였다.

　"이제 깨어나는 모양이다."

　'누구시죠? 그리고 여기가 어디죠?'

　그런데 혀만 달싹일 뿐 목소리가 나오지 않았다. 할아버지는 그윽한 미소를 짓고 있었다.

　할아버지는 눈을 지그시 감은 채 슬이의 손목을 잡고 맥박을 세었다. 거칠지만 따뜻한 체온이 전해져 왔다.

삼베 두건을 쓴 소년이 따뜻한 물이 담긴 바가지를 들고 다가왔다.

"미루야, 우선 동상부터 치료해야 한다. 손발이 꽁꽁 얼었어."

먼 곳에서 들려 오는 듯, 할아버지의 목소리는 나직하면서도 은은했다. 할아버지는 따뜻한 물로 슬이의 팔다리를 씻어 주었다. 하지만 동상에 걸린 손과 발은 감각이 없었다.

"도사님, 어디서 온 애일까요?"

"글쎄다. 바람이 데려다 준 모양이다. 어젯밤에 눈보라가 얼마나 세차게 몰아쳤니? 신발도 다 닳았더라. 에그, 어린것이 쯧쯧. 퉁개야, 관솔불을 밝혀라."

퉁개가 관솔불을 밝혔다. 화덕에 마른 솔잎을 얹어 놓을 때마다 화르르 타오르면서 작은 불꽃이 춤을 추었다. 방 안 저 편에서 타오르는 관솔불은 방 안을 환히 밝혔다가 사그라졌다.

멀리서 늑대들이 울부짖는 소리가 들려 왔다. 워루루루, 워루루루…….

마치 아버지가 슬이에게 소리치는 것 같았다. 슬이는 며칠 전 일이 선명하게 떠올랐다.

널븐산성(러시아 프리모르스크 지역의 조그만 개척 마을로, 현재 흔적은 남아 있지 않음)에 살던 고구려 사람들은 급작스럽게 피난

8

을 떠나고 있었다. 이웃 마을에서, 한 해 동안 지어 거둔 곡식을 당나라 관리들에게 모두 빼앗긴 일이 생겼다. 당나라 관리들이 정한 세금은 너무 가혹했다. 거둔 곡식을 몽땅 바쳐도 모자랄 지경이었다. 성난 이웃 마을 사람들은 당나라 관리를 잡아 강물에 빠뜨렸다. 그러자 당나라 군대가 밀려와 곡식과 가축을 모두 빼앗고 마을을 불태워 버렸다.

넓은산성의 고구려 사람들은 겁을 먹고 벌벌 떨었다. 피땀 흘려 지은 곡식을 모두 빼앗기기 전에 피난을 가자고 결정지었다. 수레에는 온갖 짐을 싣고, 나귀와 황소의 등에는 곡식 자루를 실었다. 사람들은 짐을 짊어지고 북쪽 속말수(러시아와 중국 국경을 따라 흐르는 헤이룽 강. 러시아에서는 아무르 강으로 불림)를 향해 피난을 떠났다. 그 쪽은 당나라의 압제가 그다지 미치지 않는 곳이다. 슬이네도 피난 행렬에 끼었다. 눈보라가 몰아치는 황량한 벌판에 피난 행렬이 이어졌다.

그런데 당나라 기마병들이 뒤쫓아왔다. 고구려 사람들은 마음이 급했다. 채찍으로 후려치며 아무리 잡아 끌어도 짐을 잔뜩 실은 나귀와 황소들은 너무나 느렸다. 피난을 가는 고구려 사람 행렬과 뒤쫓는 당나라 기마병 무리와의 간격은 점점 좁혀졌다.

이윽고 슬픈 일이 벌어졌다. 뒤쫓아온 당나라 기마병들이 피난 행렬의 중간을 끊었다. 순식간에 슬이네 가족은 갈라지고 말았다. 기마병들이 휘두른 채찍에 슬이가 아버지 손을 놓쳤던 것이다.

"모두 한군데로 모여, 이 바보 같은 오랑캐놈들아. 도망치면 화살을 맞을 것이다. 한군데로 모여!"

기마병들은 고구려 사람들 둘레를 빙빙 돌며 기다란 창으로 위협해서 한군데로 모이게 했다. 일부는 짐을 버리고 도망치는 사람들을 뒤쫓으며 활을 쏘았다.

슬이 아버지와 어머니가 당나라 기마병들에게 잡히고 말았다.

"엄마! 아버지!"

슬이는 아버지와 어머니를 바라보며 애타게 소리쳤다.

"슬이야, 도망쳐라. 도망쳐! 도망치라고……."

슬이 아버지의 절규가 한없이 이어졌다. 슬이 어머니도 손짓하며 도망치라고 소리쳤다. 당나라 관리의 명령을 거역하거나 정해진 세금을 내지 않으면 노예가 되었다. 노예들은 이마에 노(奴)자 낙인이 찍히고 온갖 학대와 강제 노역에 시달렸다. 나라를 잃은 고구려 사람들은 노예가 되는 것을 가장 두려워했다. 이제 슬이 아버지와 어머니는 곡식과 짐승을 모두 빼앗기고 노예가 될 운명이었다.

슬이는 눈물을 펑펑 흘리며 도망쳤다. 당나라 기마병들은 슬이를 뒤쫓지 않았다. 사로잡은 고구려 사람들을 밧줄로 묶고 물건들을 빼앗는 데 정신이 팔려 있었다.

슬이 아버지는 그런 비극을 예감한 듯, 떠나기 전에 슬이의 허리춤에 단도 하나를 꽂아 주었다. 그리고 가벼운 자루 하나를 지게 했다. 슬이는 한참을 도망친 후에 자루 속을 살펴보았다. 자루 속에는 비상용으로 먹을 마른 고기 몇 조각과 불을 피울 부시, 작은 활과 화살촉, 눈길을 걸을 때 덧신는 설피 한 켤레, 그리고 추위를 막을 짐승 가죽 한 장과 소금 한 줌이 들어 있었다.

슬이는 너른 벌판을 끝없이 걸었다. 널븐산성으로는 돌아갈 수가 없었다. 당나라 군대의 감시가 소홀한 북쪽으로 도망쳐야 하는데, 슬이는 자꾸 동남쪽으로 향하고 있었다. 열한 살짜리 슬이로선 피난처를 생각하지도 못했다.

슬이는 황량한 들판을 걷고 또 걸었다. 그리고 밤이면 굴이나 나뭇둥걸에 몸을 숨기고 잠을 잤다. 그게 닷새인지 이레인지 아니면 더 길고 긴 나날이었는지 가늠조차 할 수 없었다.

날이 어두워지자 슬이는 하룻밤을 신세질 바위틈을 찾았다. 그 곳은 어느 강 어귀였다. 슬이는 간신히 찾아 낸 바위틈에 들어가 옹그리자마자 너무 피곤한 나머지 깜박 잠이 들었다.

그런데 깨어 보니 낯선 방 안에 누워 있었던 것이다. 슬이는 말을 할 수가 없었다. 기운이 너무 떨어진 탓이었다. 슬이의 몸을 씻긴 주금도사는 고약을 바르고 짐승 털가죽 이불을 덮어 주었다.

"이 애를 잘 보살펴라. 너희가 아니었다면 얼어 죽었을 게야."

"처음엔 죽은 줄 알았어요. 그런데 조금씩 숨을 쉬더라고요."

"그래, 애썼다. 배가 홀쭉한 걸 보니 여러 날을 굶주린 모양이다."

이윽고 슬이 입으로 숟가락이 들어왔다. 따뜻하고 달콤한 미음이었다. 미음 한 그릇을 다 먹은 슬이는 다시 스르르 잠이 들었다.

의형제 결의

다음 날 아침, 슬이는 깊은 잠에서 깨어났다. 귀틀집은 조용하기만 했다. 문득 천장에 매달린 자루들을 올려다보았다. 도대체 저건 뭘까? 널븐산성에 살 때는 못 보던 것들이었다. 그 자루에서 그윽한 냄새가 풍겼다.

소년 둘이 돌아온 것은 한참 뒤였다. 그런데 모두 옷이 흠뻑 젖어 김이 무럭무럭 피어 오르고 있었다. 두 소년의 얼굴은 발갛게 상기되어 있었다.

"깨어났구나. 난 미루라고 해. 이 앤 퉁개고."

미루는 슬이보다 덩치가 더 컸다. 퉁개는 얼굴이 거무스름했다. 두 소년은 슬이를 바라보며 미소를 지었다.

"난 슬이야. 할아버지는?"

"조금 있으면 오실 거야. 그 할아버지는 주금도사님이셔."

방 구석에 있는 화덕에서 죽을 쑤며 미루가 말했다. 화덕에서 타오르는 장작불 때문에 방 안은 훈훈했다.

이윽고 주금도사가 들어왔다. 얼굴엔 온화한 미소가 가득했다. 도사는 수염이며 머리가 온통 하얗고 기다래야 할까? 눈썹마저 하얗다. 슬이는 도사를 처음 보아서인지 마냥 신기하기만 했다.

"이제 정신이 드냐?"

"예."

주금도사는 고개를 끄덕이고는 나직이 말했다.

"안심해라. 여기에는 너를 해칠 사람은 없으니까. 바위틈에 쓰러져 있던 너를 미루와 퉁개가 업고 왔단다. 여긴 퍼들내라는 곳이다. 넌 어디서 왔느냐?"

"널븐산성입니다."

"널븐산성?"

주금도사는 깜짝 놀랐다. 그도 그럴 것이 널븐산성은 퍼들내에서 북쪽으로 400리나 떨어진 머나먼 곳이었다.

"이 추운 겨울에 그 먼 곳에서 왔단 말이냐?"

"예, 당나라 군사들이 쳐들어오는 바람에 저 혼자만 도망쳤습니다."

슬이는 그간의 사정을 말했다. 주금도사는 눈을 지그시 감은 채 슬이의 이야기를 들었다.

"에그, 불쌍한 것. 그래서 부모와 헤어지게 되었구나. 그게 다 나라가 없기 때문이란다. 어디 갈 곳이 마땅찮으면 여기에 머물러 살자꾸나. 행운이 따른다면 네 아버지와 어머니도 만날 수 있을 게야."

슬이는 곰곰이 생각해 보았다. 춥디 추운 겨울에 황량한 벌판을 방황하는 것은 위험천만한 일이었다.

"예."

슬이는 당차게 대답했다.

주금도사는 그윽한 미소를 지으며 고개를 끄덕였다.

슬이의 손발에 걸렸던 동상은 주금도사의 치료를 받으며 점점 나아졌다. 그리고 미루가 쑤어 주는 죽을 먹으며 건강을 되찾았다.

사실 미루와 퉁개도 백두산 일대에 번진 돌림병으로 가족을 모두 잃고 주금도사를 만난 아이들이었다. 주금도사는 한 살씩 터울이 지는 세 소년에게 의형제 결의를 맺게 했다.

"너희들은 모두 이 퍼들내에서 만난 고구려의 아이들이다. 그러니까 한 형제나 다름없이 지내야 한다. 알겠느냐?"

"예."

세 소년은 합창하듯 한꺼번에 대답했다. 세 소년은 손을 포갰다. 그러고는 굳은 맹세를 했다. 그렇게 열세 살 미루가 맏형이 되고, 퉁개가 둘째, 슬이가 막내가 되었다.

"으음, 너희들에게 일러 줄 말이 있다. 의형제를 맺었지만 본디 족속은 잊지 말아야 한다. 널븐산성에서 온 슬이는 예맥이다. 그리고 미루는 백산 말갈이고, 퉁개는 흑수 말갈이다. 이다음에 너희들이 친척을 찾더라도 부족 이름을 알아야 한다. 하지만 예맥이든 말갈이든 모두 고구려 사람이란 걸 잊지 마라."

주금도사는 나직이 말하고는 귀틀집을 나섰다. 귀틀집 밖엔 차디찬 계절풍이 불고 있었다. 워낙 바람이 세차게 불어서인지 늑대의 울음소리도 들리지 않았다.

세 소년은 나란히 잠자리에 누워 손을 잡았다. 따뜻한 체온이 느껴졌다. 화덕에 피워 놓은 관솔불이 꺼지자 방 안은 깜깜해졌다. 세 소년은 제각기 꿈 속으로 빠져들었다.

"모두 일어나라."

주금도사가 나직하면서도 근엄하게 부르면, 꿈 속을 헤매던 세 소년은 눈을 비비며 일어났다. 주금도사가 소년들을 깨우는

시각은 꼬끼오 하면서 새벽을 알리는 수탉보다 더 정확했다. 자리를 정돈하고 밖으로 나오면 샛별이 반짝이는 걸 볼 수 있었다.

세 소년은 샘터에서 찬물로 세수를 하고 몸풀기 운동을 시작했다. 그러고는 바위에 나란히 앉아 깊은 침묵에 잠겼다. 새벽바람이 조용히 스쳐 갔다. 소년들은 동녘이 붉게 물들고 샛별마저 빛이 바랠 무렵까지 침묵에 잠겨 있다가 일어났다.

이어 검술 연습이 시작되었다. 주금도사는 소년들에게 검술을 가르쳐 주었다. 슬이는 연습을 시작한 지 열흘이 지나서야 목검을 만질 수 있었다. 주금도사가 정성들여 깎아 준 목검을 들었을 때 슬이는 무사가 된 것처럼 들떴다.

"검술은 무예니라. 함부로 검을 쓰면 아니 된다. 반드시 정의를 위해 써야 한다."

검술 연습을 할 때마다 주금도사는 그 말을 잊지 않았다. 두 손으로 목검을 잡고 베기와 찌르기, 막기 같은 품세를 몇십 번씩 반복했다.

얍! 샷! 으라싸!

세 소년이 짧고 힘찬 기합을 넣으며 목검을 휘두를 때마다 생생 소리가 났다. 검술 연습은 재미있었지만 너무 힘들었다. 동녘이 밝아 올 때까지 목검을 휘두르고 나면 온몸이 땀으로 흠뻑 젖었다.

아침 준비는 미루와 퉁개가 번갈아 했다. 식사는 죽과 도토리떡이었다. 지난 가을에 모은 도토리를 샘물에 담가 우려내면 쓴맛이 없어진다. 우려낸 도토리를 삶아 절구에 찧어 꿀로 반죽하면 훌륭한 떡이 되었다. 말린 고기를 넣어 끓인 죽 한 그릇과 도토리떡 한 덩이면 한 끼 식사로 충분했다. 때때로 슬이는 널븐산성에서 먹던 조밥이며 수수밥이 그리웠지만 퍼들내에서는 그런 곡식을 구할 수가 없었다.

그런데 주금도사는 식사를 같이 하지 않았다. 새벽마다 무예를 가르치긴 했지만 잠도 따로 자고 밥도 따로 먹었다.

"미루 형, 도사님은 밥을 안 드셔?"

슬이는 궁금하여 물어 보았다.

"응, 도사님이 드시는 건 우리가 먹는 것과는 달라. 도사님은 직접 만든 선식을 드셔. 그것도 하루에 한 끼밖에 안 드셔."

"선식이 뭐야?"

"산 속에서 구할 수 있는 재료를 가루로 만든 거야. 칡뿌리,

마, 도라지, 더덕, 솔잎, 산콩 같은 것들을 볶아 빻은 가루야."

슬이는 주금도사가 먹는 선식이 무척이나 궁금했다. 어떻게 하루에 한 끼만 먹고 살 수 있을까? 참 신기했다. 그 때 퉁개가 한 마디 더 했다.

"슬이야, 도사님은 앉은 채 주무신다."

"거짓말! 사람이 어떻게 눕지도 않고 잘 수 있어?"

슬이가 의아한 표정을 짓자 미루와 퉁개는 장난스럽게 눈웃음을 지었다. 그러고는 말없이 도토리떡을 우물거렸다.

주금도사는 혹시 하늘에서 내려온 산신령이 아닐까? 가만히 살펴보니 하얀 수염이며 머리가 꼭 산신령 같았다.

식사를 마치고 나서 퉁개가 슬이에게 또 한 가지 신비로운 사실을 들려 주었다.

"지난 가을에 이 귀틀집을 지었어. 미루 형과 내가 도사님을 거들었지. 순전히 우리를 위해 귀틀집을 지은 거야. 도사님이 계시는 움막은 구들장도 없어. 거긴 견딜 수 없을 만큼 추워. 불을 안 때기 때문이야. 오랫동안 도를 닦으면 도통의 경지에 이른대."

신비로움은 한결 깊어졌다. 하지만 미루와 퉁개는 퍼들내 생활에 익숙해져서인지 그다지 호기심을 갖지 않았다.

주금도사는 어디론가 바람같이 사라졌다가 돌아오곤 했다. 주금도사가 지닌 것이라곤 금침(金針) 한 벌, 넝마 같은 옷 한 벌, 그리고 지팡이뿐이었다.

귀틀집에서 쓰는 가마솥이며 도끼, 절구나 항아리 같은 물건들은 한 해 전 백두산 일대에 번진 돌림병으로 어느 가족이 모두 죽자 거두어 온 것이었다.

미루와 퉁개는 땔감과 약재를 마련하기 위해 날마다 숲 속으로 가고, 슬이는 귀틀집을 지키며 약을 달이는 일을 했다.

"약에는 정성이 깃들어야 한다. 그래야 환자가 쉽게 낫지."

주금도사는 몇 번이고 당부했다. 그러고는 횡 하니 사라졌다. 그럴 때면 슬이는 고즈넉한 귀틀집을 혼자 지켜야 했다. 슬이가 아궁이 앞에 쪼그리고 앉아 장작불을 지피고 있으면 어느새 주금도사가 슬그머니 나타나 장난기 어린 미소를 머금고 있었다. 처음에는 무척이나 놀라 까무러칠 정도였지만 그런 일이 반복되자 익숙해졌다.

주금도사는 장작불을 지피는 일을 가장 신경 썼다. 불 조절을 잘 해야 좋은 약을 만들 수가 있었다. 주금도사와 슬이는 아궁이 앞에 쪼그리고 앉아 활활 타는 불꽃을 바라보았다.

"이 약들을 어디다 쓰실 거예요?"

"아픈 이들을 위해 써야지."

"여긴 사람도 없는데요."

주금도사는 슬이를 바라보며 은은한 미소를 지었다.

"작년에 이 근방에선 아주 슬픈 일들이 있었단다. 돌림병으로 수많은 사람들이 죽었어. 퉁개도, 미루도 돌림병 때문에 부모형제를 모두 잃었단다. 게다가 당나라 군사들에게 붙잡혀 노예살이를 하는 사람들은 더욱 비참하단다."

슬이는 가만히 고개를 끄덕였다. 당나라 군사들에게 붙잡힌 아버지와 어머니가 떠올랐다. 슬이의 눈가에 눈물이 핑그르르 돌았다. 어디선가 노예살이를 하고 있을지 모를 아버지와 어머니……

귀틀집에서는 약 냄새가 풀풀 풍겼다. 가마솥에서 약물이 끓기 시작하면 장작불을 약하게 했다. 오래도록 약한 불에 달이고, 그 약재를 삼베 보자기로 짜면 진한 약물이 나왔다. 그 약물을 다시 졸이면 끈끈한 진액이 되었다. 그것을 작게 떼어 팥알만 한 환약을 만들었다.

미루와 퉁개는 약 달이는 일을 좋아하지 않았다. 대신 사냥을 하거나 약재를 구하는 일이라면 좋아라 하고 숲으로 달려갔다. 그래서 주금도사는 약 달이는 일을 시키지도 않았다.

"아무래도 미루와 퉁개는 무사가 될 것 같다. 내 의술은 슬이 네가 이어받아야겠다."

주금도사가 탄식하며 슬이를 다독거렸다. 사실 슬이도 미루와 퉁개처럼 숲 속을 뛰어다니며 멧돼지나 사슴을 쫓고 싶을 때도 있었다. 하지만 주금도사에게 약 이름이며 의술을 배우는 일도 재미있었다.

하루 종일, 아니 며칠씩 아궁이 앞에 쪼그리고 앉아 불을 때고 약을 짜내는 일은 힘들고 답답했다. 슬이가 그 일을 도맡게 되었다. 그뿐만이 아니었다. 슬이는 부엌데기처럼 설거지를 하고 샘터에서 물을 길어 왔다. 뒷간 청소도 슬이 몫이었다. 그래도 불만은 없었다.

주금도사를 가까이 모시며 슬이는 고구려를 건국한 주몽의 전설이며, 을지문덕 장군이 수나라 군대를 물리친 살수대첩, 안시성에서 당 태종 군대를 물리친 양만춘 장군의 무용담을 들을 수 있었다. 또 고구려의 영토를 가장 크게 넓힌 광개토 대왕이나 장수왕에 대해서도 알게 되었다.

슬이는 이따금 의아한 생각이 들었다. 그렇게 강대한 나라였던 고구려는 왜 망했을까? 고구려의 마지막 임금과 수많은 장수와 신하들이 포로가 되어 당나라로 끌려간 비극은 왜 일어났을까? 그 대답을 주금도사가 들려 주었다.

"탐욕 때문이란다. 연개소문이 세상을 뜨자 그의 아들 남생과 남건, 남산이가 세력 다툼을 벌였거든. 임금은 허수아비나 다름없었지. 서로 믿고 힘을 합쳤더라면 신라와 당나라에게 무너지지 않았을 게다. 연개소문의 아우 연정토 장군이 신라에 항복하여 그 아들 안승이 신라의 보호를 받는 꼭두각시 고구려 왕 노릇을 하고 있단다. 그리고 남생은 당나라에 항복하여 국내성은 물론 요동의 여러 성을 그냥 넘겨 주었지. 그게 고구려의 최후가 되었단다."

주금도사는 깊이 탄식했다.

어느 날이었다. 미루와 퉁개는 아침을 먹기가 무섭게 숲으로 갔다. 전날 놓친 사향노루를 잡겠다고 벼르고 별렀다. 사향은 아주 귀한 약재였기 때문에 주금도사는 사향노루를 소중히 여겼다. 미루와 퉁개는 사향을 구해서 주금도사를 기쁘게 해 주고 싶어했다.

당나라 서울인 장안에서 고구려산 사향은 한 덩이를 비단 열 필과 바꿀 정도로 비싼 약재였다. 그런데 고구려 땅에서는 아무 값어치가 없었다. 당나라 관리들에게 약탈당하지 않으면 당나라 약재 상인들에게 헐값에 넘겨야 했다.

주금도사는 그런 귀한 약재를 소금이며 곡식과 바꿔 왔다. 한번은 마직천을 떠다 미루와 퉁개, 슬이의 옷을 지어 주기도 했다.

사향이 든 약재 자루를 짊어지고 주금도사가 홀연히 사라지
자 슬이는 호기심이 발동했다. 짐승 우리처럼 낮게 지은 주금
도사의 움막에 들어가 보고 싶었다.

움막은 고드름이 맺힐 정도로 추웠다. 간신히 눈보라만 피
할 정도였다. 방바닥에 깔린 거적 한 장뿐 움막 안엔 아무것도
없었다. 방 안을 밝히는 관솔불마저 없었다. 단지 한쪽에 선식
가루가 든 작은 자루만이 놓여 있었다. 슬이는 주금도사의 흉
내를 내 보려고 선식을 먹어 보았다. 하지만 쓰고 떫고 아려서
먹을 수가 없었다. 이런 거친 가루를 하루 한 끼만 먹고 어떻게
견딜 수 있을까? 아무리 생각해도 이상했다.

"예끼 놈, 이 도사님의 밥을 넘보다니."

슬이는 깜짝 놀랐다. 어느새 주금도사가 바로 등 뒤에 서 있
었던 것이다.

"아무 맛도 없는 이런 가루를 어떻게 드세요?"

"오랫동안 참는 걸 배우면 된다. 슬이야, 너희같이 한창 자
라는 아이들에게 이런 선식은 안 돼. 너희는 영양이 풍부한 음
식을 먹어야 한단다. 무예를 닦으려면 힘을 길러야지. 미루와
퉁개 녀석들도 처음엔 내 밥을 넘봤단다. 한 번 맛보더니만 두
번 다시 안 먹더라, 허허허."

주금도사는 수염을 쓰다듬으며 웃었다.

"도사님은 이 추운 방에서 어떻게 주무세요?"

"흠, 마음 속에 활활 타오르는 불꽃을 아로새기면 따뜻해지지. 그러면 추위를 느끼지 않는단다. 사람에게 가장 슬픈 것은 마음에 병이 걸리는 거야. 마음이 깨끗하지 못하면 육신은 시들시들 병들게 마련이란다."

슬이는 주금도사의 말을 가슴 깊이 아로새겼다. 첫 새벽마다 골똘히 생각했다. 사람은 왜 추위와 더위를 느낄까? 왜 아픔이 있고, 슬픔이 있는 거지? 사람들은 왜 남을 시기하고 질투하는 걸까? 슬이의 생각은 거기에 머물러 뱅뱅 돌았다.

산적 아금치 대장

슬이는 날마다 환약과 고약을 만드는 데 전념했다. 주금도사는 늘 바람처럼 어디론가 사라졌다 돌아왔다.

첫 새벽에 일어나 하루 일과를 시작하는 귀틀집은 평화롭기 그지없었다.

그런 귀틀집에 우락부락한 산적들이 나타났다. 때마침 미루와 퉁개는 약재를 구하러 나간 뒤였다. 짐승 가죽을 둘러쓰고 삼베 수건을 질끈 동여맨 산적들은 사납게 창을 들고 귀틀집 둘레를 에워쌌다. 그 중 표범가죽 옷을 입은 대장인 듯한 사람이 말했다.

"늙은이와 어린아이뿐이로군."

"이보시오. 이 초라한 귀틀집엔 무엇 때문에 쳐들어온 게요?"

"흠, 늙은이가 금침을 갖고 있다는 소문을 들었지. 어서 내놔."

"뭐요? 금침? 그것은 아픈 사람을 치료하는 도구요."

"우린 상관 없어. 금침도 금은 금이니까. 얘들아, 안을 뒤져라. 그리고 소금 항아리는 반드시 챙겨야 한다."

"안 돼, 이놈들아!"

주금도사가 소리치며 귀틀집 문 앞을 가로막았다. 산적 대장은 가소롭다는 듯 비웃으며 창을 겨누었다. 슬이는 아궁이에 장작을 지피다가 사색이 되어 몸을 떨었다. 주금도사는 입을 꾹 다물고는 지팡이를 들고 산적 대장을 꼬나보았다. 주금도사와 산적 대장은 서로를 노려보며 지팡이와 창을 겨누었다. 그러고는 한 걸음씩 움직이면서 빙빙 돌았다. 산적 대장은 고슴도치같이 뻣뻣하게 자란 수염을 실룩거리며 눈을 부릅떴다.

"늙은이 주제에, 순순히 비키라니까. 말라비틀어진 지팡이로 이 창과 겨루겠다고?"

"오호, 그렇게는 안 될걸. 내가 금침을 갖고 있다는 소문을 들었다면 무술도 웬만큼 한다는 말도 들었겠지."

"흥, 내가 이래뵈도 고구려의 무사였다는 걸 모르시나."

"흥, 고구려의 무사가 기껏 산적질이냐?"

"먹고 살려면 어쩔 수 없지. 하지만 연개소문 대막리지가 다시 살아나신다면 지금도 난 군사가 될 각오가 되어 있다고. 으라샤!"

산적 대장의 창이 주금도사의 목을 벨 것처럼 허공에서 반원을 그렸다. 그러자 주금도사는 경중 뛰어올라 공중제비를 돌고 사뿐히 내려앉았다. 주금도사는 가소롭다는 듯 입가에 미소를 지었다. 산적 졸개들이 빈틈을 노리며 창을 던질 자세를 하고 있었다.

아라싸! 산적 대장이 다시 소리치며 주금도사에게 달려들었다. 순간 주금도사는 사뿐하게 비켜서서는 둥글게 굽은 지팡이 머리로 산적 대장의 목을 걸어 낚아챘다. 산적 대장은 대번에 땅바닥에 곤두박질쳤다.

"가소로운지고. 그 정도 실력으로 산적 노릇을 하겠다는 거냐? 이노옴!"

"아이고, 잘못했습니다, 나리."

산적 대장은 벌벌 떨며 무릎을 꿇었다. 그런데 혼쭐을 낼 줄 알았던 주금도사가 지팡이를 짚은 채 부드러운 목소리로 말했다.

"나리는 무슨? 난 주금도사일세. 그냥 도사라고 부르게. 도를 닦다 죽을 운명이라 도사라 자칭하는 거네. 도통을 해서 도사라고 하는 건 절대 아니야, 허허허."

"아이고, 그러십니까, 도사님."

산적 졸개들은 기가 막힌 듯 창을 내려뜨린 채 주금도사와 산적 대장을 멍하니 바라보고 있었다. 그러다가 한꺼번에 창을 내려놓고 엎드렸다.

"죄송합니다, 도사님. 저희들이 하도 먹고 살기가 힘들어 이렇게 산적이 되었습니다. 저는 아금치라고 합니다, 도사님."

주금도사는 허리를 굽혀 산적 대장 아금치의 손을 잡아 일으켰다. 그러고는 등을 두드리며 말했다.

"음, 옛 고구려의 무사를 만나 반갑네. 나는 이 곳에서 아이 셋을 데리고 겨울을 나는 중일세. 그런데 어쩌다 산적이 되었나?"

"저희들은 노예였습니다. 광산 일이 너무 힘들어 탈출했습니다. 이마에 노(奴)자 낙인이 찍혀 있어 양민들 틈에 낄 수가 없었죠."

아금치 대장은 머리에 쓴 두건을 벗었다. 이마에 선명하게 새겨진 노(奴)자 낙인. 그것은 당나라가 고구려 땅을 지배하면서 생긴 슬픈 비극이었다. 당나라 군사나 관리들은 눈에 거슬리는 고구려 사람을 붙잡다 이마에 노자 낙인을 찍고 노예로

삼았다.

주금도사는 아금치 대장을 동정하는 듯한 눈빛으로 바라보았다.

"고생이 많았구먼. 양민들도 당나라의 노예나 다름없지. 툭하면 성곽 보수에 동원되어 혹사를 당하고, 가진 것을 빼앗기는 게 다반사니까. 그래, 어디서 노예살이를 했나?"

"광산입니다. 쇠너미 광산이라고 지옥 같은 곳이죠. 나라가 있을 땐 군사였던 사람도 있고, 농사를 짓던 사람도 있죠. 사냥꾼도 있고요. 하지만 노예살이를 하다 도망친 후론 한낱 산적일 뿐입니다."

"기왕에 산적 노릇을 하려면 당나라를 상대로 하게."

산적들은 아무 말도 하지 못했다. 당나라 군사들을 상대로 싸우기에 산적들은 너무도 보잘것 없는 무리였다. 무딘 창 몇 자루와 깃털이 빠진 화살 몇 개밖에 없었다.

"슬이야, 마당에 모닥불을 피워라. 그리고 미루와 퉁개가 잡아 온 사슴을 굽도록 해라."

"아니올시다, 도사님. 사냥은 저희들도 할 줄 압니다. 한나절만 숲을 뒤지면 몇 마리는 거뜬히 잡을 수 있습니다. 사실 소금이 떨어져 수십 리 길을 나오게 되었습니다."

아금치 대장은 얼굴을 붉히며 말했다. 주금도사는 산적들의 심정을 이해하겠다는 듯 고개를 끄덕였다.

"맞아. 소금이 없으면 생명을 부지할 수 없지. 슬이야, 우선이 아저씨들에게 소금을 나눠 드려라."

슬이가 소금 항아리를 꺼내 왔다. 며칠 전에 주금도사가 사향덩이와 바꿔 온 것이었다. 소금 항아리를 보자마자 산적들이 우르르 모여들었다. 아금치 대장도 체면을 차리지 못하고 부하들과 함께 덤벼들었다.

소금 한 줌은 순식간에 없어졌다. 손바닥에 소금을 놓고 혀로 핥아먹는 산적들의 얼굴에는 비로소 살았다는 안도의 빛이 역력했다.

마당에 모닥불을 피웠다. 산적들은 주금도사의 호의에 감사하며 통나무를 날라다 도끼로 장작을 팼다. 쾅쾅! 어린 미루나 퉁개의 도끼질보다 훨씬 힘 있는 소리였다. 산적들은 눈 깜짝할 사이에 희나리 더미를 귀틀집보다 더 높게 쌓았다. 몇은 창과 활을 들고 사냥을 나갔다.

"도사님, 언제 이리로 오셨습니까?"

"작년 가을에 왔지. 이리저리 떠돌다가 백두산 일대에 돌림병이 번졌다는 소문을 듣고 여기까지 오게 되었네. 여기도 당나라의 압제가 대단하더군."

"다른 지방에서는 고구려 부흥군이 당나라 안동 도호부에 맞서고 있다는 소문을 들었습니다. 평양성 근방 궁모성에서 검모잠 장군이 봉기를 했다가 참패했다는 말도 들었고요. 하지만 여긴 책성 태수가 워낙 강력하게 통제하고 있기 때문에 고구려 사람들은 기를 펴고 살 수가 없습니다. 게다가 소금 때문에……."

"그럴 게야. 소금은 고구려도 통제했지. 한데 지금은 금값보다 더 비싸고 귀하더군. 날이 풀리면 강을 따라 소금배가 올라올 텐데."

"아닙니다. 책성 태수가 강력하게 소금 공급을 통제하고 있기 때문에 고구려 사람들에겐 차례가 오질 않습니다. 도사님은 어떻게 구하셨습니까?"

"약재와 바꿨지. 도둑 같은 당나라 약재 상인이 사향 한 덩이에 소금 한 되밖에 안 주더군. 그럭저럭 소금 넉 되로 겨울을 지낸 셈이야. 그런데 고구려 노예들은 어떻게 치료를 하나?"

"성 안에 갇혀 지내는 노예들은 그나마 사정이 조금 나은 편입니다. 광산에서 철광석을 캐는 노예들은 차마 눈 뜨고는 볼 수 없을 만큼 참혹합니다. 살갗이 찢겨 곪아터지고, 뼈가 부러진 사람도 많지만 치료는 형편 없죠. 시약소는 있으나마나한 실정입니다. 일하다 병들거나 다치면 그대로 죽는 수밖에 없습니다."

"흠, 알겠네. 혹시 아금치 대장이 고구려 노예들에게 약을 전해 줄 수 있겠나? 겨울 동안 환약과 고약을 몇 자루 만들었어. 환약을 먹으면 아픔이 덜하고 쉬이 낫지. 그리고 고약은 상처를 아물게 하는 효과가 있네."

"광산에는 당나라 군사들이 삼천 명이나 주둔하고 있어 접근하기가 어렵습니다. 저희는 말도 없고 쫓기는 몸이라……."

아금치 대장은 난처한 표정을 지었다. 지옥 같은 쇠너미 광산을 기억하기도 싫다는 듯 치를 떨었다.

"자네들 은거지는 어딘가?"

"쇠멧골이라고 여기서 팔십 리쯤 더 들어간 계곡입니다. 백두산에서 이번에 옮겨 왔습니다. 먼 옛날 동부여 사람들이 쇠를 캐던 곳이랍니다."

"그러면 쇠너미 광산과 같은 산줄기인가?"

"그렇죠."

"거, 아금치 대장이 은거지를 잘 마련했네. 산적질을 하든 고구려 부흥군 노릇을 하든 쇠와 소금은 반드시 확보해야 해."

주금도사는 아금치 대장을 칭찬했다. 아금치 대장은 어깨를 으쓱했다. 아금치 대장이 이끌고 있는 무리는 모두 40명이나 되었다. 산적 떼치고는 무리가 꽤 큰 편이었다. 주금도사는 고구려의 부흥을 꾀하다 당나라 군사에 참패한 검모잠 장군을 떠올리면서 아금치 대장을 구슬렸다.

"기왕에 산적으로 나섰다면 빼앗긴 나라를 되찾는 데 힘을 쓰게. 우리 동포들 식량과 가축만 빼앗지 말고."

"아이고, 저희같이 무식한 것들이 어떻게 빼앗긴 나라를……."

아금치 대장은 슬픈 얼굴로 탄식했다. 주금도사는 아금치 대장이 우직하면서도 의리가 있는 사람이라고 생각했다.

"아니지. 무리가 커지면 큰 힘을 쓸 수가 있어. 애초 고구려는 아주 작은 부족이었네. 그런데 이웃 부족들을 규합하면서 힘을 길렀어. 힘은 기르기 마련이야."

그 때 사냥을 나갔던 미루와 퉁개가 돌아왔다. 수확이 별로 없어 꿩 두 마리와 토끼 한 마리만 달랑대며 숲 속에서 나왔다. 두 소년은 귀틀집 앞에 모여 있는 낯선 산적 무리에 깜짝 놀랐다. 미루는 활에 화살을 매기고 시위를 당겼다. 퉁개는 가죽 자루에서 재빨리 표창을 뽑아 들었다.

"미루 형, 퉁개 형, 괜찮아. 손님들이야."

슬이가 두 번이나 소리치고 나서야 경계심을 풀었다. 다른 곳으로 사냥을 나갔던 산적들이 커다란 멧돼지를 떠메고 왔다. 산적들은 비지땀을 흘리면서도 얼굴에는 득의만만한 기쁨이 흘러 넘쳤다.

멧돼지를 통째로 서까래만 한 나무에 거꾸로 꿰어 모닥불에 올려놓고 빙 둘러앉았다. 산적 떼와 주금도사, 그리고 의형제를 맺은 미루, 퉁개, 슬이가 한 무리가 되는 순간이었다.

주금도사는 아금치 대장과 긴밀한 연락을 하기로 했다. 그리고 아금치 대장이 쇠너미 광산에서 고생하는 고구려 노예들에게 환약과 고약을 전해 주기로 약속했다.

"아금치 대장, 우린 동지일세. 난 자네 같은 동지를 만나고자 백두산을 넘어온 거야."

"도사님을 우리 패거리의 어른으로 모시게 되어 영광입니다, 하하하."

아금치 대장은 단도로 멧돼지고기를 썰어 먹으며 호탕하게 웃었다. 산적들도 기쁨에 들떠 있었다. 소금에 찍어 먹는 멧돼지구이는 정말 맛있었다. 하지만 주금도사는 고기 한 점도 입에 대지 않았다. 슬이가 가져온 가루와 찬물 한 잔으로 대신할 뿐이었다.

밤이 늦어서야 아금치 대장을 비롯한 산적 떼가 물러갔다. 하루 종일 왁자하게 소란스럽던 퍼들내 귀틀집에 다시 고요가 찾아왔다.

달려라 소금 마차

따뜻한 봄바람이 불기 시작했다. 겨우내 얼어붙었던 강은 웅장한 물줄기를 토해 내고 있었다. 마치 거대한 황룡이 용틀임하는 것 같았다.

계절의 변화와 함께 남쪽으로 내려갔던 철새들이 날아오기 시작했다. 기러기, 황새, 두루미 등⋯⋯. 떼 지어 날아온 철새들은 퍼들내에서 잠시 쉬다 북쪽 대평원을 향해 날아갔다.

미루와 퉁개, 슬이의 무예는 나날이 좋아졌다. 이젠 땅에서 훌쩍 뛰어올라 공중제비까지 할 수 있었다. 비록 목검이지만 어느 적을 만나도 겨룰 자신이 있었다.

주금도사는 쇠멧골에 자주 다녀왔다. 산적 무리에게 무예를 가르치고, 사냥하다 다친 산적들을 치료해 주기 위해서였다.

산적들도 퍼들내에 갑자기 나타나 통나무를 베어다 희나리를 산더미처럼 패어 놓고 사라지기도 했다. 사냥해서 얻은 사슴뿔이나 사향, 곰쓸개를 가져오기도 했다. 자연 미루나 통개, 슬이는 산적들과 긴밀한 사이가 되었다.

어느 날 아금치 대장이 근심스러운 얼굴로 퍼들내를 찾아왔다. 슬이는 약을 달이다 주금도사의 움막으로 달려갔다.

"도사님, 아금치 대장이 오셨어요."

"웅, 아금치 대장이?"

주금도사는 아금치 대장을 보자 아들을 만난 듯이 반가워했다. 아금치 대장은 주금도사에게 넙죽 절을 올렸다. 아금치 대장은 당나라 장수에게 빼앗았다는 장검을 움막 앞에 세워 놓는 걸 잊지 않았다. 주금도사에 대한 예의였다. 비무장으로 어른을 만나 인사를 하는 것. 아금치 대장은 그런 예의를 아는 사람이었다.

"도사님, 소금 남은 것 좀 있습니까?"

"소금? 우리도 한 줌밖에 없는데. 소금이 떨어졌는가?"

"예."

"이거 소금이 없으면 큰일인데."

"도사님이 일러 주신 짠물이 솟는다는 광내미골로 가 봤지만 찾지 못했습니다."

"나도 몇 번 가 봤지만 찾지 못했네. 아는 이가 아무도 없어. 속말수로 피난을 간 흑수 말갈 부족장들은 알고 있을 것 같은데."

"흑수 말갈 부족은 북쪽 속말수에 머무르고 있죠?"

"고구려가 망한 뒤에 흑수 말갈 부족들이 혹독하게 당하지 않았는가. 책성에 당나라 군대가 이만 명이나 주둔하고 있으니 내려올 수가 없지. 이 곳에 철이 생산되기 때문이야. 수나라와 당나라가 끊임없이 요동 땅으로 쳐들어왔던 것도 철 때문이 아닌가. 이 동북 지방에서는 쇠너미 광산에서 유일하게 쇠가 나오니 책성 태수가 신경을 쓸 수밖에."

"맞는 말씀입니다. 지금 쇠너미 광산에서는 쇠뿐만이 아니라 구리도 나오고, 금맥도 발견되었답니다. 광산에서 일하는 고구려 노예들 사이에서 공공연하게 떠도는 소문이올시다. 금맥이 발견되자 우리 고구려 사람들을 굴 밖으로 내보내고 당나라 관리들이 직접 캐고 있답니다."

"그래? 하여튼 아금치 대장, 자넨 쇠멧골에 은신하고 있게. 소금은 우리가 구해 보겠네. 당나라 약재 상인을 찾아가 약재와 소금을 바꿀 참이야. 자네들은 여기에 자주 나타나면 안 돼."

"어려운 부탁을 드려 송구스럽습니다, 도사님."

"아닐세. 자네가 무리를 이끌고 있어 마음이 든든하이. 백두산 기슭에 흩어져 살고 있는 말갈 부족들을 규합하려면 소금이 있어야 해."

"맞습니다. 소금 때문에 당나라 군대의 앞잡이가 되거나 밀정이 되는 자도 있습니다."

아금치 대장은 주금도사와 깊은 대화를 나누고 돌아갔다.

다음 날 주금도사는 약재를 짊어지고 어디론가 사라졌다. 미루와 퉁개, 슬이는 쇠멧골에 소금이 떨어진 일을 걱정하며 주금도사가 소금을 구해 오길 기다렸다. 그러나 며칠 만에 돌아온 주금도사는 빈손이었다.

먼 길을 다녀온 주금도사는 피로가 쌓여 움막에서 하루를 쉬었다. 그러고는 귀틀집에 나타나 세 소년을 불렀다.

"이제 너희들이 닦은 무예를 발휘할 때가 되었다. 지금 백두산 기슭에 흩어져 살고 있는 고구려 동포들이 곤란한 지경에 처해 있다. 소금이 없기 때문이야. 소금을 먹지 못하면 탈수가 되고 여기저기 혹이 솟는 병에 걸린다. 그러다가 결국엔 생명이 끊어지고 마는 거야. 우린 목숨을 걸고서라도 소금을 구해 동포들에게 전해 주어야 한다. 알겠느냐?"

"예!"

미루와 퉁개, 슬이는 힘차게 대답했다. 얼마나 기다리던 일인지 모른다. 미루도, 퉁개도, 슬이도 소금을 구하는 일에 앞장서고 싶었다.

주금도사는 세 소년을 이끌고 퍼들내를 나섰다. 미루는 주금도사가 만든 술 항아리를 짊어지고, 퉁개는 갓 사냥한 새끼사슴 한 마리를 어깨에 둘러멨다. 주금도사는 너덜너덜한 삼베옷 자락을 휘날리며 지팡이를 짚고 앞장섰다. 이틀을 걸어 당

도한 곳은 책성(지금 중국 지린성 훈춘시 근방)이었다. 산굽이를 넘고 내를 건너는 기나긴 여정이었다. 책성은 널븐산성에 견줄 수 없을 정도로 웅장했다.

책성은 당나라가 고구려를 관리하는 안동 도호부의 동쪽 끝 도읍이었다. 그 곳은 동해안에서 생산되는 소금은 물론 쇠너미 광산에서 나오는 쇠를 모으는 요충지였다. 그래서 노예로 끌려 온 고구려 사람들이 많았다. 당나라 군사의 채찍을 맞으며 무거운 철광석을 나르는 고구려 노예들의 기다란 행렬이 보였다. 멀리서 보면 개미들이 움직이는 것 같았다. 주금도사를 따라 산을 내려가면서 슬이는 슬픔에 잠겼다.

"애들아, 저래서 나라가 있어야 한단다. 나라가 없으면 다른 족속의 노예로 살 수밖에 없어, 쯧쯧."

주금도사는 혀를 차며 깊이 탄식했다. 숨어서 성문을 지켜 보길 이틀. 길고도 지루한 기다림이었다. 이윽고 주금도사의 눈빛이 영롱하게 빛났다. 주금도사가 낮게 소리쳤다.

"애들아, 저기 소금 마차가 나온다."

정말 소금 마차였다. 그런데 말 두 필이 끄는 마차 둘레에는 창을 든 기마병이 넷이나 호위하고 있었다.

"저 소금도 우리 고구려 사람들의 피땀이 어린 것이다. 여기서 며칠 동안 지켜 보았다. 여기서 삼백 리 떨어진 당나라 병영으로 가는 거야."

주금도사와 세 소년은 소금 마차를 유심히 살피며 산자락을 뛰어올라갔다. 소금 마차는 조붓한 산길을 느릿느릿 가고 있었다. 주금도사와 세 소년은 산굽이를 돌아 소금 마차가 올 길목에 다다랐다.

"사슴을 이리 다오."

주금도사는 퉁개가 내려놓은 사슴 주둥이에 거무스름한 물약을 흘려 넣었다.

"너희들은 저 아래 길목에 이 사슴과 술 항아리를 내려놓고 모닥불을 피워 놓고 오너라."

세 소년은 바람에 실린 것처럼 잽싸게 달려 내려갔다. 슬이가 모닥불을 피우는 사이 퉁개와 미루는 주변에서 나무를 주워 모았다. 툭툭 부싯돌을 두드리는 슬이의 손이 떨렸다.

불꽃이 쏘시개에 옮겨 붙자 연기가 피어 올랐다. 언덕 위에서 주금도사가 손짓했다. 세 소년은 다시 달려 올라갔다. 워낙 다급하게 움직인 나머지 입에서 단내가 풍겼다.

"자아, 우린 인내심을 갖고 기다리는 거다. 놈들은 사냥꾼이 저희를 보고 놀라서 도망친 걸로 알 게야."

주금도사는 나뭇등걸에 몸을 숨긴 채 나직이 말했다. 세 소년은 숨을 죽인 채 가만히 언덕 아래 길목을 지켜 보았다.

이윽고 소금 마차가 느릿느릿 다가왔다. 당나라 군사들은 저희끼리 농담을 주고받으며 낄낄거리다가 마차를 멈췄다. 군사들은 활활 타오르는 모닥불 둘레를 살피더니 수군거리기 시작했다. 군사 하나는 창을 들고 언덕 위까지 올라왔다가 도로 내려갔다. 군사들은 한참 쑥덕거리더니 사슴을 이리저리 들춰 보고 술 항아리에 코를 대고 냄새를 맡았다. 그러다가 다시금 주변을 살폈다. 그 광경을 지켜 보는 주금도사와 미루, 퉁개, 슬이의 입은 바짝 말랐다.

드디어 군사들이 모닥불에 사슴을 굽기 시작했다. 군사들은 불을 쬐며 사슴이 익기도 전에 술 항아리를 들고 벌컥벌컥 마셨다.

사슴 한 마리가 다 없어지기까지는 한참을 기다려야 했다. 농담을 주고받던 군사들이 꾸벅꾸벅 졸다가 아예 모닥불 둘레에 널브러졌다.

"이제 되었다. 모두들 내려가서 옷을 벗겨 입어라."

주금도사의 말에 소년들이 우르르 뛰어 내려갔다. 그리고는 잠든 군사들의 솜옷을 벗겨 입었다. 미루는 장교의 갑옷과 투구를 빼앗아 쓰고는 기뻐서 어쩔 줄 몰라 했다. 주금도사는 소금 마차를 몰던 마부의 솜옷을 벗겨 입었다.

벌거숭이가 된 마부와 군사들은 눈을 시르르 뜨긴 했지만 아무런 저항도 하지 못했다. 주금도사는 밧줄로 군사들의 손발을 묶고 입에는 재갈을 물렸다. 그러고는 아름드리 나무에 꽁꽁 묶어 놓았다.

"어서들 가자!"

주금도사가 소리치며 소금 마차 마부석에 올라앉았다. 채찍을 휘두르자 말 두 필이 놀라 달리기 시작했다. 그들은 어느 누가 보아도 영락없는 당나라 군사들이었다.

슬이는 신나게 말을 달렸다. 참으로 짜릿하면서도 통쾌한 순간이었다.

그런데 퍼들내로 가는 방향이 아니었다. 퍼들내로 가려면 얕은 강을 건너야 했다.

"도사님, 강을 건너야 할 텐데요."

미루가 뒤를 돌아보며 말했다. 주금도사는 빙그레 미소를 지었다.

"아니다. 이 소금은 아금치 대장에게 전달해야 한다."

소금 마차가 다다른 곳은 퍼들내와 멀리 떨어진 강 언덕이었다. 언덕 아래는 깎아지른 듯한 절벽이고, 시퍼런 강물이 흐르고 있었다. 마찻길을 따라왔기에 퍼들내 건너편으로 온 것이었다.

"도사님, 말굽 소리가 들려요."

귀를 기울이던 슬이가 소리를 질렀다. 미루도 귀에 손바닥을 대고 가만히 들었다. 정말 멀리서 말굽 소리가 은은하게 들려 왔다.

"그런데요. 분명히 말굽 소리예요."

미루도 눈을 동그랗게 뜨고 말했다. 주금도사는 한참 동안 귀를 기울이다 고개를 끄덕였다.

"얘들아, 마차에서 소금 자루를 내려라."

"왜요? 더 도망쳐야죠."

"아니다. 더 갔다간 당나라 군사들에게 잡히고 말 것이다. 그리고 쇠멧골 아금치의 은신처가 발각될 염려가 있어. 마차를 버리자."

미루가 마차를 끌던 말 두 필의 멍에를 벗겼다. 그 사이 퉁개

와 주금도사는 소금 자루를 바위 틈새에 감추고 돌과 나뭇가지로 가렸다. 슬이는 게거품을 물고 갈기를 흔드는 말의 고삐를 잡고 있었다. 말들은 당나라 군사들이 길을 잘 들여서인지 어린 슬이 앞에서도 가만히 있었다.

주금도사의 지휘로 소금 마차를 절벽 아래로 굴려 버렸다. 우당탕 퉁탕······. 굴러 떨어진 마차는 시퍼런 강물 속으로 순식간에 가라앉았다.

"미루와 퉁개는 말을 끌고 쇠멧골로 가거라. 아금치 대장을

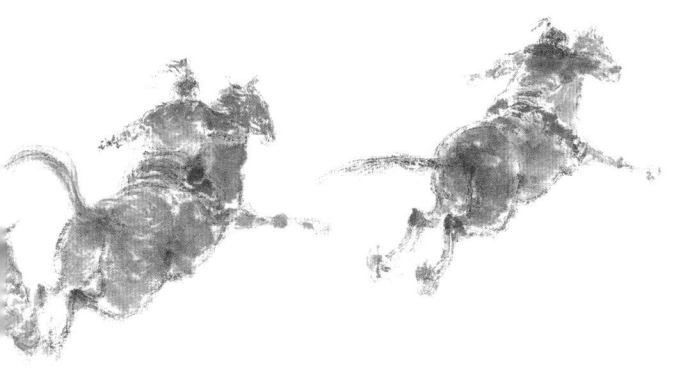

만나면 소금이 여기에 있다고 전해라."

"알았어요, 도사님."

미루와 퉁개는 말을 몰고 쇠멧골로 향하는 숲길로 사라졌다.

주금도사와 슬이는 절벽을 내려갔다. 강기슭에 다다르자 주금도사와 슬이는 옷을 벗었다.

주금도사는 슬이가 강물에 떠내려가지 않도록 지팡이를 잡게 하고 앞서 헤엄쳐 나갔다.

주금도사와 슬이는 퍼들내에 도착하자마자 옷을 갈아 입었다. 젖은 마부 옷과 군사 옷을 땅에 묻어 버렸다.

"슬이야, 이제 아무 일 없는 듯이 우리 할 일이나 하자."

"예."

나흘 동안 비운 귀틀집을 청소했다. 그 동안 가마솥은 벌겋게 녹슬어 있었다. 슬이는 수세미로 녹을 벗겨 내고 맑은 물로 씻었다.

주금도사는 태연스럽게 작은 작두로 약재를 썰기 시작했다. 슬이가 부싯돌로 불을 피우자 굴피나무 껍질로 만든 굴뚝에서 하얀 연기가 모락모락 피어 올랐다.

당나라 군사들이 귀틀집에 들이닥친 것은 다음 날 아침이었다. 소금 마차의 행방을 뒤쫓던 군사들이었다. 창검으로 무장한 군사들이 귀틀집을 에워쌌다. 당나라 군사들 중에는 고구려 사람도 있었다. 당나라 군사들의 앞잡이였다. 주금도사를 쏘아보는 앞잡이는 무척이나 거만했다. 군사들은 귀틀집 안을 마구잡이로 뒤졌다. 귀틀집 안에서는 짐승 가죽, 환약과 고약이 들어 있는 자루, 그리고 소금 한 되가 나왔다.

"영감, 여기서 무엇하는 게야?"

"보다시피 환약을 만들고 있소."

"흠, 의원이란 말이군. 그런데 왜 이런 호젓한 숲 속에 살고 있는 거지? 수상한데. 엉?"

"난 이 아이와 함께 약을 만들어 호구지책으로 삼을 뿐, 세상 물정은 모르오."

"어제 이 근방으로 소금 마차가 지나갔을 텐데 본 적이 있나?"

"글쎄, 약재를 써는 데 정신을 쏟다 보니 보지 못했소. 늙어서 눈도 귀도 어둡고……."

주금도사가 딱 잡아떼자, 군사 하나가 슬이의 목에 창을 겨누었다.

"너는?"

"으윽, 보지 못했어요. 아무것도, 아무것도 보지도 듣지도 못했다고요."

슬이는 겁에 질려 벌벌 떨면서도 시치미를 떼었다. 당나라 장교가 약 자루에서 환약을 꺼내 냄새를 맡아 보곤 주금도사를 힐끗 쳐다보았다.

"어이 늙은이, 이 약은 어디에 쓰는 건가?"

"배앓이 할 때 쓰는 약이오."

사실은 그게 아니었다. 주금도사가 만드는 환약은 통증을 가시게 하는 신비로운 약이었다. 싸움에 지쳤을 때 그 약을 먹으면 이내 힘이 솟아났다. 그리고 고약은 상처에 붙이면 금세 아무는 약이었다. 부러진 뼈에 고약을 붙이고 각목을 대고 묶으면 며칠 안 가 단단히 붙는 효과가 있었다.

당나라 장교가 앞잡이와 귀엣말을 하더니 갑자기 버럭 소리를 질렀다.

"이거 오랑캐 주제에 사향과 녹용을 갖고 있군. 안동 도호부에서 너희 오랑캐들은 사향과 녹용, 웅담, 산삼의 거래를 금한 걸 모르는가? 그런 물건은 무조건 관청에 바쳐야 한다."

슬이는 깜짝 놀랐다. 귀틀집에서 사향과 녹용은 흔하디 흔한 것이었다. 미루와 퉁개가 사향노루를 두 마리나 잡았고, 쇠멧골 산적 무리가 녹용과 웅담을 구해 오기도 했다.

장교는 웅담이며 사향, 녹용을 매만지며 탐을 냈다. 당나라 군사와 관리들이 고구려 땅에 와서 가장 탐내는 것이 귀한 약재와 호랑이 가죽, 금덩이였다.

"늙은이와 아이를 불법 약재를 갖고 있는 죄로 체포해라. 그리고 이 약재를 말 등에 싣고, 움막을 불태워라."

군사들은 약재를 말 등에 싣고, 주금도사와 슬이를 밧줄로 묶었다.

"이보시오, 당나라 장교 나리. 이 늙은이에겐 지팡이가 있어야 하오. 난 저 지팡이를 무덤까지 가져가야 하오."

"후후후, 이런 나무 막대기가 뭐 그리 소중하다고."

장교는 선심을 쓰듯 말 안장에 지팡이를 꽂았다. 주금도사는 빙그레 미소를 지으며 슬이에게 속삭였다.

"슬이야, 너무 겁먹지 마라. 설마 저놈들이 우릴 죽이기야 하겠느냐?"

당나라 군사들은 약재를 달이는 아궁이에서 장작개비를 꺼내 귀틀집에 불을 붙였다. 삽시간에 귀틀집과 움막에 불이 붙었다. 그 동안 정들었던 귀틀집에서 불길이 치솟는 모습을 보자 슬이는 한없이 슬펐다. 주금도사의 수염도 부들부들 떨렸다. 애써 태연하려고 노력했지만 격정으로 얼굴이 굳어 있었다. 뚫어지게 불길을 바라보는 주금도사의 눈은 분노로 이글거렸다.

주금도사와 슬이는 당나라 군사들에게 이끌려 책성으로 향했다. 두 손이 뒤로 묶인 채 끌려가는 슬이는 목이 메었다. 아버지 어머니도 이런 모습으로 끌려갔을 것 같았기 때문이다.

당나라 군사들과 앞잡이는 말을 타고 천천히 걸었다. 주금 도사와 슬이는 끌려가면서 수십 번이나 넘어졌다. 그러다 더 이상 걷지 못하자 군사들이 말 등에 매달았다.

당나라 장교는 우연찮게 빼앗은 사향과 녹용, 웅담 때문에 싱글벙글했다. 사라진 소금 마차 따위는 까맣게 잊은 듯했다.

책성에는 저녁 무렵에야 도착했다.

슬픈 노예

당나라 군사들은 주금도사와 슬이를 짐승처럼 마구간에 가두었다. 그리고 날이 밝자 어디론가 끌고 갔다.

"슬이야, 성 안을 잘 봐 두어라."

주금도사는 나직이 속삭였다. 먼 길을 끌려오느라 몹시 지쳤지만 눈빛은 영롱하게 빛났다. 슬이는 보일 듯 말 듯 고개를 끄덕였다.

곳곳에 당나라 군사들의 병영이 늘어서 있고, 당나라 관리들이 일하는 관청도 있었다. 그리고 철광석을 녹여 쇠를 뽑아내는 제철소와 대장간들이 있었다. 그 곳에서는 비참한 몰골을 한 고구려 노예들이 일하고 있었다. 주변은 온통 당나라 군사들이 삼엄하게 지키고 있었다.

주금도사와 슬이가 끌려간 곳은 병영이었다. 군사들의 물자를 담당하는 그 곳은 높다란 지휘소와는 달리 그리 크지 않았다. 그 곳을 관리하는 장수가 장교의 경례를 받았다.

"그 늙은이와 어린아이가 소금 마차를 탈취한 범인이냐?"

"아, 아닙니다."

"바보 같은 놈들, 소금 마차에 호위병을 넷이나 딸려 보냈는데 빼앗기다니. 그놈들은 곤장을 맞고 감옥에 갇혀 있다. 도둑을 잡지 못하면 네 놈들도 마찬가지야. 저 늙은이와 어린아이는 무엇 때문에 끌고 왔느냐?"

"퍼들내 숲 속에서 환약과 고약을 만들고 있었습니다. 사향과 녹용을 불법으로 갖고 있어서……."

장교는 장수의 눈치를 살피며 조심스럽게 사향과 녹용을 바쳤다. 금세 불호령을 내릴 것 같았던 장수의 얼굴이 벌쭉하게 밝아졌다. 사향덩이를 들고 흠흠 냄새를 맡느라 정신이 없었다.

"그래, 저 늙은이가 이 약재를 갖고 있었다고?"

"예, 그렇습니다."

"이런 약재로 환약과 고약을 만들 정도면 의원이 틀림없어. 거 잘 되었군. 고귀한 당나라 의원들이 비천한 노예들을 치료할 순 없으니까. 다치고 아파서 일을 못 하는 노예들이 많은데,

저 늙은이를 노예들의 의원으로 쓰도록 하자."

"알겠습니다, 대장님."

"그런데 저 꼬마는 늙은이의 손자인가?"

"아닙니다. 잔심부름을 하던 아이랍니다."

"그래? 우선 둘 다 족쇄를 채워 노예들의 거주지 시약소로 보내라."

"알겠습니다, 대장님. 이마에 노예 낙인을 찍을까요?"

"세상을 다 산 늙은이에게? 하하하, 그럴 필요 없다. 그리고 아직 젖비린내 나는 어린아이는 좀더 자란 다음에 찍도록 해라. 그리고 군사 백 명을 내줄 터이니 소금 마차가 사라진 지역을 샅샅이 수색해라."

"예! 즉각 수색하러 출발하겠습니다, 대장님."

거만한 당나라 장수는 주금도사와 슬이를 거들떠보지도 않은 채 사향과 녹용을 매만지며 흐뭇해했다.

주금도사와 슬이는 대장간으로 끌려갔다. 대장간은 여러 채였다. 말굽을 만드는 곳, 창검을 만드는 곳, 화살촉을 만드는 곳. 곳곳마다 발목에 족쇄를 찬 고구려 노예들이 두들기는 망치 소리로 요란했다. 고구려 사람들은 아무 표정이 없었다. 고구려가 망한 후로 희망을 잃었기 때문이다. 게다가 채찍을 들고 감시하는 당나라 군사들의 눈초리는 굶주린 승냥이처럼 사나왔다.

"족쇄를 채워라. 새로 온 노예들이다."

당나라 군사가 대장장이에게 말하고는 주금도사와 슬이를 대장간 바닥에 밀어 쓰러뜨렸다. 그러고는 대장간을 감시하는 다른 군사들과 잡담을 하기 시작했다.

족쇄를 채우는 대장장이는 수염이 덥수룩한 사람이었다. 어린 슬이가 잡혀 온 게 안타까운 듯 혀를 찼다.

"아니, 어쩌자고 잡혀 왔어? 족쇄를 차고 있으면 무척 아프단다. 마음대로 움직일 수도 없어."

대장장이가 망치를 탕탕 두들기면서 말했다. 여기저기서 두들겨 대는 망치 소리 때문에 감시하는 군사들에겐 잘 들리지 않았다. 슬이에게 족쇄를 채운 대장장이가 주금도사에게 다가 갔다. 주금도사의 얼굴을 가만히 들여다보던 대장장이가 놀란 표정을 지었다.

"아니, 도사님, 여긴 어인 일이십니까?"

"댁네가 날 아오?"

"아이고, 아다마다요. 도사님께 치료를 받은 적도 있는걸요. 몇 해 전 궁모성 검모잠 장군 휘하에서 당나라 군사들과 싸우다 다쳤을 때 치료해 주셨잖습니까? 저는 이태 전에 포로로 잡혀 이리 끌려왔습니다."

"가만히 보니까 낯이 익군. 창검을 만들던 대장장이 어림수 아닌가? 반가우이."

길게 이야기를 나눌 사이도 없었다. 족쇄를 채우자마자 당나라 군사는 주금도사와 슬이를 잡아 끌었다. 족쇄 때문에 걷기가 무척 불편했다.

다시 끌려간 곳은 노예 거주지였다. 희망을 잃은 고구려 사람들이 노예살이를 하는 곳이었다. 통나무를 촘촘하게 박은 높다란 담장 안에 게딱지 같은 움막들이 흩어져 있었다.

주금도사와 슬이는 노예 거주지 시약소에서 일하게 되었다. 시약소는 형편없이 초라하고 지저분했다. 주금도사는 시약소를 둘러보곤 혀를 찼다. 준비된 약재도 별로 없었다.

슬이는 무거운 족쇄 때문에 제대로 걸을 수가 없었다. 느닷없이 끌려온 나머지 정신이 없었지만 주금도사는 시약소 청소를 했다.

"시약소는 깨끗해야 한다, 슬이야. 그래야 환자들이 낫지. 시약소가 더러우면 돌림병이 번진단다."

하루 종일 주금도사와 슬이는 시약소 구석구석을 청소했다. 희망을 버린 채 지내던 다른 의원들은 주금도사를 비웃었다.

"이보시오, 새로 오신 의원. 거 그렇게 한다고 대우가 달라지는 줄 아시오? 고름을 닦아 낼 헝겊조차 없소이다. 약재는 주지도 않고…….”

“그래도 우리 소임을 다 해야죠. 이 성 안엔 고구려 사람들이 얼마나 있소?”

“우린 가축이나 진배없다오. 당나라 사람은 명(名)이라 헤아리지만, 노예는 구(口)로 헤아린다오. 사천 구쯤 될 게요.”

의원은 시큰둥하게 말하고는 고개를 돌렸다. 그들은 환자를 치료할 의욕도 없어 보였다. 의원들의 옷차림도 불결하기 그지없었다. 더구나 온몸에는 때가 잔뜩 끼어 있었다.

“슬이야, 이럴수록 희망을 가져야 한단다.”

“그럼요, 도사님.”

주금도사는 슬이와 함께 뒷간 청소도 했다. 구더기가 우글거리는 뒷간에 재를 뿌리고 비질을 하자 비로소 시약소가 말끔해졌다.

주금도사와 슬이는 깨끗이 목욕을 하고 옷도 빨았다. 수십 년째 입었다는 주금도사의 옷은 하도 기워서 넝마 같았다. 그래도 늘 깨끗했다.

슬이는 시약소에 딸린 허름한 방에서 주금도사와 같이 지내게 되었다. 주금도사는 정말 눕지 않고 밤을 지새웠다. 코를 골지도, 고개를 꾸벅이지도 않는 꼿꼿한 자세로 앉아 깊은 침묵에 잠기는 것이었다. 슬이도 주금도사와 같이 지내며 규칙적인 생활을 이어갔다.

주금도사는 다행히 금침을 빼앗기지 않았다. 주금도사는 가는 금침을 정성스레 수건으로 닦아 반짝반짝 빛나게 만들었다.

주금도사의 침술이 좋다는 소문이 삽시간에 알려져 환자들이 끊임없이 찾아왔다. 슬이는 어깨 너머로 주금도사의 침술을 눈여겨보았다. 퍼들내에 살 때처럼 약을 달일 일은 그리 없었다. 성내 시약소 약재창에서 약재를 제대로 주지 않았기 때문이다.

"슬이야, 사람 몸에는 경락이 있다. 그 곳에 침을 놓아 병을 고치는 거야."

주금도사는 슬이를 말동무 삼아 침술이며, 참선하는 법을 가르쳐 주었다. 깊은 침묵에 잠기면 이 세상의 모든 근심이 사라졌다. 어머니와 아버지를 보고 싶은 마음도, 노예가 된 슬픔도 모두 사라지는 무념무상의 경지에 다다르곤 했다. 그것만이 힘겨운 노예살이를 잊는 길이었다.

그런데 주금도사의 식사가 문제였다. 수십 년 동안 선식을 한 주금도사는 노예들에게 배급되는 주먹밥이 입맛에 맞지 않았다.

슬이는 시약소 밖을 서성거렸다. 저녁 무렵이면 성 안 곳곳에서 일하던 노예들이 돌아왔다. 납덩이같이 무거운 얼굴로 족쇄를 끌고 느릿느릿 돌아오는 노예들은, 하루를 보냈다는 안도감보다는 또 다른 고달픈 내일이 기다리고 있다는 두려움에 떨고 있었다.

대장장이 어림수도 하루 일을 마치고 돌아오고 있었다. 때가 새까맣게 묻은 수건을 동여맨 어림수는 슬이를 보자 비죽 웃었다. 소리 없는 그 미소가 슬퍼 보였다.

"안녕하세요?"

"그래, 너 도사님과 함께 있다지? 잘 되었다."

"저기, 도사님 때문에 아저씨를 뵙고 싶었어요. 도사님이 식사를 못 하고 계세요."

"왜? 주먹밥을 못 드시냐?"

"예. 도사님은 곡물 가루를 드셔야 하는데……."

어림수는 잠시 무언가 골똘하게 생각하다 고개를 끄덕였다.

"아하, 그렇지. 그 어르신은 선식을 하시지. 알겠다. 식량 창고에서 일하는 친구에게 부탁해 보겠다."

"부탁해요, 아저씨."

다음 날 어림수는 슬이에게 작은 자루를 건네 주었다. 자루 속에는 콩과 귀리, 수수가 들어 있었다. 슬이는 그 곡식을 갈아 가루로 만들었다. 불과 두 되밖에 안 되는 적은 양이지만 주금 도사는 보름 정도 먹을 수 있었다.

주금도사는 곡물 가루를 보자 미소를 지었다. 산 속에서 구해 만든 선식에 비하면 보잘것 없지만 기쁘게 먹었다. 곡물 가루를 찬물에 타서 훌훌 마시고는 입 안을 헹구었다. 식사는 눈 깜짝할 사이에 끝났다.

"도사님, 맛있어요?"

"그럼, 맛있고 말고. 솔잎 가루가 들어갔으면 좋으련만."

슬이는 모처럼 기분이 좋았다. 노예 생활 며칠 만에 처음으로 활짝 웃었다.

대장장이 어림수는 시약소를 자주 찾아왔다. 어림수는 시약소에서 필요한 도구들을 만들어 주었다. 약재를 써는 작은 작두, 곪아터진 상처를 째는 데 쓰는 작은 칼. 오랫동안 담금질하고 숫돌에 갈고 간 작은 칼은 날카롭기 그지없었다.

시약소 뒷방에서 어림수는 주금도사에게 나직이 말했다.

"도사님, 지금 저희는 굴을 파고 있습니다. 굴 파기에 참가하고 있는 사람들은 거의 검모잠 장군 휘하에 있던 고구려 부흥군들입니다."

"그런가? 그럼 나도 알 만한 사람이 있겠군. 이 떠돌이도 잠시나마 검 장군 휘하에 들어가 사람들을 치료한 적이 있으니까."

"동지들이 무척이나 반가워합니다. 굴이 뚫리면 도사님부터 탈출시키자고 합니다."

"아닐세. 그보다 굴은 어디로 향하고 있나?"

"동쪽입니다. 그 곳은 절벽이죠. 그 아래는 강이 흐르고 있습니다. 다른 곳은 여의치 않습니다."

"거긴 파기 힘든 암벽이 아닌가?"

"물렁한 땅을 파 봤자 금세 무너집니다. 힘들더라도 암벽을 뚫는 게 낫습니다."

"하긴 그렇군. 하여간 굴을 팔 정도면 우리에게 아직 희망이 사그라지지 않았다는 증거일세. 좋은 징조로고."

어림수는 주금도사와 슬이에게 작은 희망의 씨앗을 건네 준 셈이었다. 깊은 밤중에 땅 속 어딘가에서 포로로 잡힌 고구려 부흥군 아저씨들이 굴을 파고 있다는 사실에 슬이는 가슴 뿌듯했다.

"아저씨, 굴 입구는 어디에 있어요?"

"글쎄. 나중에 알게 될 거다, 하하하."

어림수는 너털웃음을 터뜨리고는 시약소를 나갔다. 슬이는 어둠 속으로 사라지는 어림수의 뒷모습을 바라보았다.

어쩐지 어림수의 움막 둘레에는 돌 부스러기가 많았다. 굴을 팔 때에 나온 돌 부스러기들을 자루에 담아 이곳저곳에 버리고 있었다.

성 밖에서는

한편, 쇠멧골로 갔던 미루와 퉁개가 퍼들내로 돌아왔다. 아금치 대장과 함께였다. 며칠 동안 당나라 군사들의 수색이 계속되어 미루와 퉁개는 쇠멧골 산적들의 은거지에 머물러 있었다.

퍼들내 귀틀집은 잿더미로 변해 있었다. 아무것도 남아 있지 않았다. 말굽 자국만이 어지럽게 널려 있었다.

"슬이야!"

"도사님!"

미루와 퉁개가 미친 듯이 소리쳤지만 아무런 대답이 없었다. 두 소년은 울부짖으며 퍼들내를 헤맸다. 강 건너 절벽에서 두 소년의 음성이 처연하게 메아리쳐 올 뿐이었다. 아금치 대장은 잠시 고민에 빠졌다.

"책성으로 잡혀 간 게 분명해."

아금치 대장은 혼잣말을 하며, 퍼들내 숲 속을 헤매고 있는 미루와 퉁개를 불렀다.

"얘들아, 도사님과 슬이를 어떻게든 구해야 한다."

"어떻게 구해요? 어디로 끌려갔는지도 모르는데."

퉁개는 눈물을 흘리며 부루퉁하게 말했다. 퉁개가 탄 말도 그 슬픔을 아는 듯 말갈기를 흔들었다.

"너무 슬퍼하지 마라."

아금치 대장은 고슴도치 가시 같은 수염을 쓰다듬으며 말을 이었다.

"우선 책성으로 가면 도사님과 슬이가 어떻게 되었는지 알수 있을 거야. 한데 이 말들은 당나라 낙인이 찍혀 있어서 발각될 염려가 있어. 미루야, 넌 이 말들을 끌고 쇠멧골로 돌아가거라. 나는 퉁개와 같이 책성 동편 뒷기미 나루로 가 있겠다."

아금치 대장과 퉁개는 말에서 내렸다.

"미루야, 어서 가거라. 말들이 도망치지 못하게 말고삐를 꼭잡고 끌고 가라. 그리고 숨겨 둔 소금 자루는 우리 패 아저씨들과 같이 쇠멧골로 옮기도록 해라."

"알겠어요, 아금치 대장님."

미루는 말머리를 돌렸다. 하지만 얼굴엔 절망의 빛이 서려 있었다. 쇠멧골로 향하는 미루는 몇 번이나 뒤를 돌아보았다.

아금치 대장과 퉁개도 불타 버린 퍼들내 귀틀집 터를 뒤로 하고 숲길로 사라졌다.

저녁 하늘이 주홍빛으로 물들고 있었다. 책성에서 조금 떨어진 강어귀에 아금치 대장과 퉁개가 나타났다. 아금치 대장과 퉁개는 이내 강물로 들어가 조심스럽게 헤엄을 치기 시작했다. 강물은 잔잔하게 흐르고 있었다.

아금치 대장과 퉁개는 차가운 물살에 조금씩 떠밀리면서 앞으로 나아갔다.

이윽고 강을 건넌 두 사람은 언덕으로 잽싸게 올라갔다. 둘러멘 가죽 자루며 옷에서 물이 뚝뚝 떨어졌다.

뒷기미 나루는 책성의 동쪽 성문과 이어진 곳에 있었다. 뒷기미 나루에서 보면 책성은 절벽 위에 있었다. 절벽 위에는 마치 용틀임하듯이 높다란 성곽이 구불구불 이어지고 있었다. 그 성곽은 어느 누구의 공격도 막아 낼 수 있을 만큼 견고하게 보였다.

아금치 대장은 어둠에 잠겨 가는 책성을 뚫어지게 바라보다

가 나루터 위에 있는 오두막으로 달려갔다. 뒷기미 나루의 뱃
사공이 사는 집이었다.

"여보게."

오두막 안에서 인기척이 들렸다. 아금치 대장은 퉁개를 힐
끗 돌아보며 희미한 미소를 지었다.

"누구슈? 지금은 강을 건널 수가 없는데."

"날세. 아금치야."

"엥? 아금치?"

모습을 드러낸 뱃사공은 겉보기에 미욱하게 보였다.

"아금치, 여긴 무척이나 위험한 곳이야. 책성이 지척이야.
이 나루로 당나라 군사들과 관리들이 끊임없이 오가고 있다
고."

"알고 있네, 쉬투리. 우선 이 아이를 소개하겠네. 자네와 같
은 흑수 말갈 부족일세."

퉁개는 뱃사공 쉬투리에게 넙죽 절을 올렸다. 쉬투리는 퉁
개가 흑수 말갈 부족이라는 말에 반갑고도 놀란 얼굴이었다.

"흑수 말갈? 어떻게 부족과 떨어진 건가?"

"으음, 작년에 번진 돌림병으로 부모를 잃었네. 퉁개의 부모
는 원래 흑수 말갈 부족이었는데, 백산 말갈 친척집에서 같이
살고 있었다네."

"흠, 흑수 말갈 부족이 북쪽으로 피난을 떠날 때에 떨어진 모양이군."

"그런 셈이지. 쉬투리, 이 앤 여태껏 퍼들내에서 어느 어른 슬하에 있었다네. 그런데 그 어른이 갑자기 사라지신 거야. 아무래도 책성으로 잡혀 가신 것 같네."

"병든 사람을 고치는 신기한 재주가 있는 노인이 노예 시약소에 새로 들어왔다는 소문을 들었네."

아금치 대장은 고개를 끄덕였다. 퉁개도 눈을 동그랗게 뜨고 쉬투리를 바라보았다.

"책성으로 잡혀 가신 게 맞군. 그 분은 주금도사란 분일세. 우리 패를 지원하시는 어른이야. 어떻게 하든 구해야 하네."

아금치 대장은 주금도사를 찾겠다는 각오를 단단히 한 듯 표정이 굳어 있었다.

"책성 노예 시약소에 갇혀 계신 분을 어떻게 구해 낸단 말인가?"

"쉬투리, 이 아이를 성 안으로 들여 보낼 수는 없겠는가?"

"아니, 정신이 있는가 없는가? 성 안이 어디라고. 어렵네."

쉬투리는 고개를 가로저으며 말했다. 하지만 아금치 대장은 집요하게 쉬투리를 설득했다.

"쉬투리, 난 현상금이 붙은 산적 대장이라 잡히면 사형을 면치 못하네. 퉁개 이 아이를 성 안으로 들여 보내서 살피도록 해 주게."

"사실 성 안 사정을 아는 것은 그리 어렵지 않네. 그런데 주 금도사란 분을 구해 낼 수 있을까? 성 안의 경비가 얼마나 삼엄 하다고."

"부탁하네. 하여튼 난 돌아가겠네. 퉁개는 흑수 말갈 부족 이니까 자네의 아들이려니 생각하고 돌봐 주게."

"알겠네. 주금도사님이 성 안에 계시다면 자네에게 연락하 겠네."

"그리고 슬이라는 아이도 있네. 올해 열두 살 된 어린아이 야."

"알겠네."

아금치 대장은 자리에서 일어나 쉬투리의 손을 굳게 잡았다. 아금치 대장은 쉬투리의 오두막을 나와 퉁개를 불러 냈다. 어 둠 속에서 아금치 대장은 퉁개의 어깨를 잡고 나직이 말했다.

"퉁개야, 성 안에 들어가면 말이다. 주금도사님을 만나지 못 하더라도 실망하지 말고 어림수라는 대장장이를 만나라. 내 친 구야. 내 이름을 대고 쇠를 뽑을 제련장이가 필요하다고 말 해."

"대장님, 쇠멧골에 널린 벌건 돌덩이들이 철광석이에요?"

"음, 작년에 산사태가 나서 드러났단다. 꼭 어림수를 만나야 한다."

퉁개는 입을 꾹 다문 채 고개를 끄덕였다. 아금치 대장은 퉁개를 힘껏 끌어안아 주고는 어둠 속으로 홀연히 사라졌다. 강 건너 책성에서 불빛이 반짝이고 있었다. 성곽 망루에서 비치는 횃불이었다. 퉁개는 책성을 바라보며 이를 악물었다.

다음 날부터 퉁개는 쉬투리에게 노 젓는 일을 배우기 시작했다. 나루를 관리하는 당나라 관리는 쉬투리가 퉁개를 조수로 삼은 것을 그리 의심하지 않았다. 군사들과 관리들이 빈번히 강을 건너야 하는데 쉬투리 혼자로는 벅찼기 때문이다.

원래 쉬투리는 아금치 대장과 마찬가지로 노예살이를 했다. 그런데 나룻배를 다루는 솜씨가 뛰어난데다 잔꾀를 부리지 않고 우직해서 당나라 관리가 뱃사공으로 풀어 주었다.

쉬투리는 그 일을 묵묵히 해냈다. 족쇄를 푼 자유의 몸이 되었지만 도망치지 않았다. 강을 건너는 사람이 없을 때엔 낚시를 하기도 했다.

퉁개는 날마다 책성의 성곽을 바라보며 주금도사와 슬이를 그리워했다. 그런데 성 안으로 들어갈 기회가 쉽게 찾아오지 않았다.

"아저씨, 저 성 안에 들어가 본 적이 있어요?"

　쉬투리는 퉁개의 마음을 헤아리는 듯 잠시 침묵하다가 나직
이 말했다.

　"있었지. 오래 전에……. 이 아저씨도 몇 해 동안 저 안에서
노예살이를 했단다. 우리 흑수 말갈 부족은 이 근방에 살았는
데, 지금은 멀리 북쪽 속말수 일대에 흩어져 지낸단다. 그 쪽은
속말 말갈 부족의 땅이지. 우리 부족은 추운 겨울에도 이리 내
려올 수가 없어. 가축이며 식량을 모두 세금으로 빼앗기기 때
문이란다."

　"그런데 아저씨는 왜 북쪽으로 가지 않으세요?"

"흠, 이 아저씨는 우리 부족이 이리 돌아오길 기다리며 지낸단다."

쉬투리는 희망찬 눈길로 책성을 바라보았다. 퉁개도 가족이 그리웠다. 백산 말갈 부족에 끼어 살던 퉁개는 돌림병으로 가족을 모두 잃고 말았다. 소금 없이 몇 달을 살다 보니 몸의 저항력이 약해진 탓이었다. 퉁개는 흑수 말갈 부족이며 흑수가 고향이란 말은 들었지만 아무런 기억이 없었다. 퉁개는 숲을 헤매며 산열매와 칡뿌리를 캐어 먹다 주금도사를 만났다. 미루도 돌림병 때문에 가족을 잃은 소년이었다.

주금도사는 그 말을 듣고 무척이나 아쉬워했다. 조금만 일찍 손을 썼다면 그토록 슬픈 비극을 막을 수 있었을지도 모른다고. 퉁개는 주금도사를 만나 건강을 회복했다.

며칠이 지나자 퉁개는 삿대질이 익숙해졌다. 퉁개는 수시로 성을 바라보며 잠입할 기회를 엿보았다.

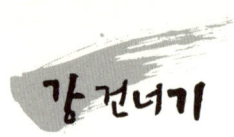

어느 날 어둑어둑해질 무렵이었다. 뒷기미 나루에 대규모
의 일행이 도착했다. 성 밖으로 세금을 거두러 나갔던 일행이
었다. 짐을 짊어진 고구려 노예들과 나귀들, 산더미같이 짐을
실은 마차를 끄는 황소 수십 두, 그리고 창검을 든 당나라 군사
들과 관리들이 몰려오자 뒷기미 나루는 삽시간에 북새통이 되
었다.

고구려 노예들은 발목에 족쇄가 채워져 있어 도망칠 수가
없었다. 게다가 쇠사슬로 묶여 있어 몹시 불편해 보였다. 그런
데도 허리가 휠 정도로 무거운 짐을 짊어지고 있었다. 노예들
이 부려놓은 짐은 산더미 같았다. 무표정하고 슬픈 얼굴을 한

노예들을 보자 퉁개는 동정심이 절로 일었다.

"퉁개야, 저 물건들은 모두 고구려 사람들에게서 빼앗은 것이란다. 당나라 관리들은 봄, 가을마다 세금을 거두러 다닌단다."

쉬투리는 안타깝게 마차들을 바라보며 퉁개에게 나직이 속삭였다. 때에 전 삼베 수건을 질끈 동여맨 쉬투리의 이마에 노자 낙인이 조금 보였다.

"쉬투리 아저씨, 저 짐 속에 숨어 들어가야겠어요. 그래야만 성 안으로 들어갈 수 있을 테니까요."

"위험할 텐데."

"아녜요. 도사님과 슬이 아우를 구해야 해요."

"알겠다. 오늘 밤은 이 나루에서 지낼 거야. 밤에 마차를 싣고 강을 건너는 건 위험하니까. 네가 꼭 성 안으로 들어가고 싶다면 그렇게 해라. 하지만 조심해야 해."

"알겠어요, 아저씨."

그 때 거만한 고구려인 앞잡이가 쉬투리를 불렀다. 당나라 사람처럼 옷을 입고 모자를 쓰고 있었지만 고구려 말을 하고 있었다.

"이 봐, 사공. 우리 나리께서 강을 건너신단다. 어서 배를 대라."

"예."

쉬투리는 허리를 굽히고는 나룻배로 다가갔다. 당나라 관리가 배에 올라탔다. 쉬투리는 뒤에서, 퉁개는 앞에서 삿대를 저었다. 퉁개는 그 강을 수없이 오갔지만 강 건너에 발을 디딘 적은 없었다. 성으로 올라가는 언덕에 나루 관리소가 있어 당나라 군사가 일일이 조사했기 때문이다. 이윽고 강을 건넌 당나라 관리가 배에서 내렸다. 빈 배로 돌아오면서 퉁개는 성으로 들어갈 각오를 단단히 했다.

당나라 군사들은 모닥불을 피워 놓고 술과 고기와 떡으로 저녁을 먹기 시작했다. 한쪽에는 주먹밥을 한 덩이씩 나누어 받은 고구려 노예들이 모여 앉아 있었다. 어느 누구도 퉁개에게 말을 걸거나 미소를 짓지 않았다. 납덩이같이 무겁고 슬픈 얼굴들이었다.

밤이 깊어 갈수록 차디찬 바람이 불어 왔다. 고구려 노예들은 나루터에 모여 앉아 들짐승처럼 웅크린 채 코를 곯았다. 술에 취해 떠드는 당나라 군사들과는 너무나 대조적이었다.

쉬투리도 밖에서 밤을 지새워야 했다. 벼슬이 낮은 하급 관리들이 오두막을 차지했기 때문이다.

쉬투리는 모닥불 앞에 앉아 퉁개에게 성 안 지리를 가르쳐 주었다. 관청이며 병영, 노예들의 거주지는 물론 대장간, 목공소, 그리고 제련소까지 나뭇가지로 땅바닥에 그려 가며 설명했다. 그러고는 주변을 살피더니 더욱 나직하게 속삭였다.

"퉁개야, 저기 세 번째 마차에 약초가 들어 있다. 지금 성 안 노예 시약소에 계신 분이 주금도사가 틀림없단다. 내가 아는 노예가 귀띔해 주더라."

퉁개는 아무 말 없이 고개를 끄덕이고는 기회를 엿보았다. 그러다 재빨리 포장을 친 마차 속으로 들어갔다. 약초 냄새가 코를 찔렀다. 숲 속과 산자락을 헤매며 고구려 사람들이 캔 약초 뿌리였다. 퉁개는 약초 더미 속으로 파고들었다.

다음 날 나룻배 세 척이 밧줄을 풀면서 건너왔다.

"노예들은 밧줄을 잡아당겨라."

장교의 명령이 떨어지자 노예들이 일제히 밧줄을 잡아당겼다. 그러자 건너편에서 널다란 뗏배가 움직이기 시작했다.

"영차! 영차!"

노예들의 함성이 구슬프게 강물 위로 울려 퍼졌다.

다가온 뗏배에 짐을 싣자, 다시 건너편 노예들이 밧줄을 잡아당겼다. 뗏배의 균형을 잡느라 쉬투리는 삿대를 저으며 속도를 조절했다.

짐을 잔뜩 실은 뗏배가 건너가자 건너편에서 더욱 큰 함성이 울렸다. 뗏배가 강을 다 건너자 밧줄을 잡아당기던 노예들이 짐을 뭍으로 옮겼다.

짐승을 태우자 노예들은 몇 갑절 더 힘이 들었다. 말이며 황소들이 뗏배에 오르려 하지 않았기 때문이다. 채찍을 맞은 황소와 나귀들이 울부짖었고, 말들은 앞발을 들고 겅중거렸다.

짐승들을 가득 실은 뗏배가 강을 건넜다. 쉬투리는 삿대를 저으며 진땀을 흘렸다.

맨 마지막으로 노예들이 탔다. 뒷기미 나루에서 힘겹게 일한 노예들은 뗏배에 주저앉아 숨을 골랐다. 노예들을 감시하는 군사들의 창검이 저녁 햇살에 번득였다. 점점 뗏배는 멀어져 갔다.

그 모습을 안타깝게 지켜 보는 사람이 있었다. 미루였다. 미루는 아금치 대장과 함께 뒷기미 나루 뒤편에 엎드린 채 강을 내려다보고 있었다.

"이제 우리 동포들이 강을 건넌다."

미루와 아금치 대장은 조심스레 나루로 내려갔다.

한바탕 난리가 지나간 뒷기미 나루는 엉망이었다. 여기저기 널려 있는 짐승들의 배설물, 사람들이 피워 놓은 모닥불 자리……. 그런데도 쉬투리는 오두막 둘레를 치우지 못하고 있었다. 새벽부터 계속된 일이 너무도 힘들었기 때문이다. 쉬투리

가 오두막 방에 누워 있는데 아금치 대장과 미루가 조심스럽게 찾아왔다.

"쉬투리, 무척이나 힘들었군."

"아금치, 통개는 무사히 강을 건너갔네. 지금쯤 성 안으로 들어갔을걸. 발각되지 않는다면 주금도사님을 만날 수 있을 거네."

"무예를 닦은 아이지만 위험한 일을 시켜 마음이 아프네."

"우리 같은 어른은 짐 속에 숨어 들어갈 수가 없지. 하여튼 운에 맡길 수밖에."

"이 아이는 미루일세. 주금도사님의 제자이네. 이젠 우리 패의 전령사일세. 자네가 맡아 주게. 성 안에서 흘러 나오는 소식을 미루에게 전해 주게."

"알겠네. 그런데 자네 패는 고작 몇십 명이 아닌가? 그 적은 규모로 수만 명을 상대할 수 있겠는가?"

"해야지. 해야 하고말고. 우리 동포들이 저렇게 고생해서야 되겠는가? 그리고 미루야, 주금도사님이 나오시면 쇠멧골로 모셔야 한다."

"알았어요, 대장님."

미루는 이제 어린아이가 아니었다. 야무지게 자란 소년 무사였다. 더욱이 주금도사와 슬이를 구해 내는 일이라 누구보다 앞장섰다.

미루는 어두워지는 강 건너를 바라보았다. 뗏배가 물살에 떠내려가지 않도록 노예들이 밧줄로 묶는 모습이 어렴풋이 보였다. 강을 건너간 짐들을 옮기는 노예들의 행렬도 보였다.

"미루야, 여긴 각별히 조심해야 하는 곳이다. 당나라 벼슬아치가 이 나루를 직접 관리한단다. 퉁개는 쉬투리 아저씨의 조수로 위장했지만, 넌 다르잖느냐?"

아금치 대장은 팔짱을 낀 채 책성을 바라보다가 미루에게 한 마디 했다.

"저도 그 정도는 알아요, 대장님."

"그래, 너만 믿는다. 주금도사님이 나오셔야 일이 순조롭게 진행될 텐데."

"퉁개는 잘 건너갔을까요?"

"나도 퉁개가 걱정이다. 행운을 기다리는 수밖에. 난 이만 간다."

"도사님이 나오시면 모시고 갈게요, 대장님."

아금치 대장은 미루의 등을 두드리고는 어둠에 잠겨 가는 갈대밭으로 사라졌다. 갈대밭에 숨겨 둔 말을 찾아 쇠멧골로 돌아가기 위해서였다.

용감한 도전

주금도사는 약을 만들 때마다 아쉬움을 느꼈다. 그 날도 광산에서 일을 하다 뼈가 부러진 환자를 치료하기 위해 시약소 약재창을 찾아갔다.

"나리, 뼈를 붙이는 데 쓸 산골을 좀 주십시오."

산골은 광산에서 캐내는 광물질로 골절상을 입은 환자에게 효험이 좋은 약재였다. 산골을 먹이고 부러진 부위에 고약을 바르고 부목을 대고 묶어 놓으면 며칠 안 가 뼈가 쉽게 붙었다. 하지만 시약소 약재창 관리는 코웃음을 쳤다.

"이 늙은이가? 당나라 군사들에게 쓸 약재도 모자라는 판에 오랑캐 노예들을 위해 쓸 약재가 어디 있어? 저 쪽에 있는 약초 자루나 가져가, 이 돌팔이 오랑캐 늙은이야."

시약소 약재창 관리는 된통 면박을 주었다. 주금도사는 서러움을 꿀꺽 삼키며 약재창 안으로 들어섰다. 약재창을 드나들 때마다 주금도사는 늘 부러웠다. 약재창은 통풍이 잘 되었다. 그리고 습기가 차지 않도록 갈무리에 온갖 신경을 썼다. 약재 관리도 철저했다. 부패와 변질을 막기 위해 마루를 깔고, 그 밑에 숯을 채워 놓았다. 마로 짠 자루에 약재를 넣어 선반에 켜켜이 쌓아 놓았다. 약초 자루마다 약초 이름과 생산된 날짜가 쓰여 있어 사용할 때에 편리했다. 감초며 당귀, 숙지황 같은 약재들은 냄새만 맡아도 알 수 있었다.

그런데 아직 선반에 올리지 않은 약재 자루들이 눈에 띄었다. 새로 가져온 것이었다. 주금도사는 자루마다 냄새를 맡아 보았다. 가장 흔하고 값싼 쑥……. 당나라 관리는 쑥 더미를 가리키고는 휭하니 나가 버렸다. 그 때였다. 주금도사는 깜짝 놀랐다. 약초 자루 틈에서 퉁개가 벌떡 일어난 것이었다. 퉁개는 문 쪽을 힐끔 살피고는 꾸벅 절을 했다.

"아니, 퉁개야, 네가 여긴 웬일이냐?"

주금도사는 아주 낮게 속삭였다. 퉁개는 잔뜩 긴장했던 얼굴에 엷은 미소를 담았다.

"도사님, 아금치 대장의 짐작대로 이리 잡혀 오셨군요."

"쉿, 조용히 해라. 밖에 당나라 관리가 있어."

주금도사는 퉁개를 다시 쑥 더미 속에 넣고는 밧줄로 묶었다. 퉁개는 쑥 더미 속에서 개구리처럼 몸을 바짝 웅크렸다. 주금도사는 손수레에 쑥 더미를 실었다. 이마에서 구슬땀이 흘러내렸다.

"이 봐, 오랑캐 늙은이. 안에서 뭐 하는 게야?"

당나라 관리가 소리치자 주금도사는 황급히 대답했다.

"다 되었습니다, 나리."

주금도사는 손수레를 끌고 약재창을 나왔다. 그러고는 관리에게 절을 하고 시약소 약재창을 나섰다.

노예 시약소에 다다른 주금도사는 조심스레 쑥 더미를 내려놓았다.

"이제 나오너라."

밧줄을 풀자 퉁개가 쑥 더미에서 나왔다. 퉁개의 머리며 옷에는 쑥이 잔뜩 묻어 있었다.

"도사님을 구하려고 들어왔습니다. 시약소 약재창에서 나가려던 참이었어요. 그런데 도사님의 음성이 들리더군요."

말을 마치고 퉁개는 주금도사에게 넙죽 절을 올렸다. 주금도사는 기가 막힌 듯이 너털웃음을 터뜨렸다.

"허허허, 어젯밤 꿈에 네가 나타나더니……."

"아금치 대장이 도사님과 슬이가 잘 있는지 알아보고, 성 안 사정도 살펴보고 오랬어요."

"나나 슬이는 잘 있단다. 이렇게 목숨 걸고 들어오지 않아도 되는데."

주금도사는 약재 더미에 숨어 성으로 잠입한 퉁개가 대견스러우면서도 나직이 나무랬다. 퉁개는 주금도사의 발목에 찬 족쇄를 내려다보며 눈물을 질금거렸다.

"괜찮아. 이 성 안에 있는 동포들은 거의 족쇄를 차고 있단다. 그런데 어떻게 약재 속에 들어가 있었니?"

"책성 동편 뒷기미 나루에서요. 저기, 아금치 대장이 쇠멧골에 제련장이와 대장장이가 필요하대요. 어림수 아저씨를 만나라고 했어요."

"알겠다. 우선 다락에 올라가 숨어 있어라. 여긴 환자들이 많이 찾아오는 곳이라 그리 안전하지 않단다."

퉁개는 주금도사의 말이 옳다고 생각했다. 사실 무작정 잠입하긴 했지만 주금도사와 슬이를 탈출시킬 방도를 구상하지도 못한 상태였다. 게다가 성 안의 경계가 삼엄했다. 퉁개는 다락으로 올라가 숨었다.

주금도사는 천연덕스럽게 환자들을 치료했다. 다른 의원들이 있는데도 환자들은 주금도사만을 고집했다. 다리뼈가 부러

진 환자를 치료하러 갔던 슬이가 돌아온 것은 밤이 늦어서였다. 슬이는 주금도사가 일러준 대로 뜨거운 물에 적신 수건으로 부러진 부위를 문질렀다. 부러진 뼈는 주금도사가 이미 맞춰 놓았다. 퉁퉁 부었지만 뼈만 붙는다면 생명에는 지장이 없을 것 같았다. 슬이는 환자의 상태를 주금도사에게 전했다.

"음, 그 환자는 조금 있으면 나을 게다. 슬이야, 퉁개가 왔어."

주금도사는 빙그레 웃으며 말했다.

"예?"

슬이는 깜짝 놀랐다. 퉁개도 잡혀 왔나? 주금도사가 다락문을 톡톡 두드리자 퉁개가 내려왔다. 슬이는 벌떡 일어나 퉁개의 손을 잡았다.

"고생 많았지, 슬이야?"

"아니야, 퉁개 형. 퉁개 형이 이렇게 성 안으로 들어올 줄은 꿈에도 생각하지 못했어."

"하하, 머리를 썼지."

주금도사는 서로 끌어안으며 반가워하는 슬이와 퉁개를 흐뭇하게 바라보았다. 그런데 밖에서 주금도사를 다급하게 부르는 소리가 들렸다. 퉁개는 잽싸게 다락으로 올라갔다.

"사람이 죽어 가고 있습니다. 어서 와 주세요."

"알겠소."

주금도사는 침구와 환약 몇 알을 꺼내 가죽 자루에 넣고는 황망히 방을 나갔다. 대개 환자들을 치료하러 나갈 때는 슬이를 데리고 갔다. 그런데 오늘은 웬일인지 약재를 타러 책성 시약소에 갈 때도, 지금처럼 다급하게 불려 나갈 때도 동행하지 않았다. 다만 슬이에게 눈짓만 했을 뿐이다. 슬이는 혼자 남아 있다가 다락으로 올라갔다.

"퉁개 형, 이 성 안에서는 날마다 사람이 죽어 나가. 일이 너무 힘들기 때문이야."

"소문으로만 들었는데 사실이구나, 슬이야."

퉁개는 슬픈 목소리로 말했다.

"퉁개 형, 우리 아저씨들 몇 분이 동쪽 벼랑 쪽으로 굴을 파고 있어."

슬이는 성 안 고구려 사람들이 마냥 슬픔에 젖어 있지 않다는 걸 전해 주었다.

"굴을 파고 있다고?"

"응. 조금만 더 파면 끝이래. 그러니까 형은 성을 빠져 나가서 아금치 대장에게 전해."

"알았어."

두 소년은 깜깜한 다락에서 소곤거리다가 잠이 들었다. 주금도사가 돌아온 것은 새벽 무렵이었다. 주금도사는 지친 나머지 벽에 기대어 숨을 헐떡거렸다. 그러다 숨을 고른 후에 벽을 향해 앉은 채 눈을 감았다. 주금도사가 잠을 자는 시각이었다. 성 안으로 잡혀 온 뒤에 주금도사가 잠자는 시간은 더욱 줄어들었다. 첫 새벽이 되자 주금도사는 슬이와 퉁개를 불렀다.

"애들아, 이리 내려오너라."

슬이와 퉁개는 눈을 비비며 다락에서 내려왔다. 주금도사는 그윽한 미소를 머금고 슬이와 퉁개를 바라보았다.

"잘 잤느냐, 퉁개야? 넌 오늘 성을 빠져 나가거라. 오늘 고구려 노예의 장사를 치를 거야. 넌 죽은 사람의 물건 속에 숨어서 같이 나가거라. 그런 다음 그 시신의 입에 이 환약을 씹어서 흘려 넣어라. 아주 죽은 사람이 아니다. 잠시 숨이 멎었을 뿐이야."

주금도사는 퉁개에게 종이에 싼 환약을 건네 주었다. 퉁개는 무릎을 꿇은 채 두 손으로 약을 받았다.

"그 사람이 깨어나거든 어디 안전한 곳으로 모셔라. 아주 중요한 어른이다. 워낙 몸이 허약해져 있으니 네가 물고기를 잡아 고아 드리고, 건강이 회복되면 쇠멧골 아금치 대장에게 모시고 가거라."

"알겠습니다, 도사님."

퉁개는 슬이와 눈빛을 주고받으며 말없이 고개를 끄덕였다.

드디어 날이 밝았다. 봄비가 추적추적 내렸다. 고구려 노예 거주지에서 구슬픈 울음소리가 울려 퍼졌다. 헌 멍석에 둘둘 말린 주검을 바라보며 가족들이 슬프게 울었다. 노예 거주지에 사는 고구려 사람들도 안타깝게 바라보았다.

어느 누구라도 성 안에다 주검을 묻을 수는 없었다. 고구려 노예의 주검은 으레 성 밖에 내다 버렸다. 당나라 군사 몇이 노예 거주지 안으로 들어왔다. 당나라 군사들이 나타나자 슬픈 울음소리는 더욱 커졌다.

"시끄럽다. 어서 주검을 치워라."

멍석에 둘둘 말린 주검을 대장장이 어림수가 짊어졌다. 유가족들은 성 밖으로 따라갈 수도 없었다. 그저 노예 거주지 입구까지 따라가다 그만두어야 했다. 주검의 호송을 맡은 군사는 재수 없다는 듯 얼굴을 찡그리며 창을 들고 앞섰다. 그 때 주금 도사가 당나라 장교에게 말했다.

"이보시오, 장교 나리. 죽은 사람이 생전에 쓰던 물건들이 담긴 이 궤짝도 내다 버려야 합니다. 성 안에 돌림병이라도 번지면 큰일이오."

"흠, 오랑캐 의원, 그 말이 맞군. 작년에도 돌림병 때문에 많이 죽었지. 그런데 노예 주제에 무슨 물건이 그렇게 많아?"

"겨울에 걸치던 가죽 옷과 신발들이오. 열어 보시오. 가족이 경황이 없어서 동료들이 대충 처리했소이다."

"에이, 볼 것 없어. 이 궤짝 짊어질 놈 나와. 오랜만에 성 밖에 나갈 특권이 주어진다. 술 한 병도 준다."

께름칙한 일이라 그런지 아무도 선뜻 나서지 않았다. 장교는 덩치가 좋은 젊은이를 지목했다. 젊은이는 마다하지 못하고 궤짝을 짊어졌다. 봄비가 보슬보슬 내리는 가운데 주검은 성 밖으로 나갔다.

북문을 통과한 일행은 5리쯤 떨어진 벌판으로 갔다. 고구려 노예 주검을 버리는 곳이었다.

"저 구덩이에 던져 버려. 비가 이렇게 오는데 멀리 갈 것 뭐 있어."

어림수가 멍석으로 둘둘 만 주검을 내려놓자 군사들이 발길질하여 물이 고인 구덩이에 굴렸다. 기다란 멍석이 뚜르르 굴러 떨어졌다. 젊은이가 짊어지고 온 궤짝은 그대로 땅에 두었다. 군사들은 궤짝을 쳐다보지도 않고 술병을 꺼내 들었다.

당나라 군사 둘은 술을 번갈아 마시고는 한 모금 정도 남겨서 어림수에게 건네 주었다. 어림수는 흘끔 눈치를 보다가 술병을 거꾸로 들고 좔좔 구덩이에 쏟아 부으며 소리쳤다.

"잘 가슈, 멍치 성님. 부디 저승에 가시면 영생복락 누리시

우."

"젠장맞을, 끼얹으라고 술을 주었나? 너희들 목이라도 축이라고 주었지. 어서 성 안으로 돌아가자. 고뿔 들겠다. 비가 오라지게 오네."

젊은이는 시선을 내리고 슬픔에 잠겨 있었다. 어림수는 젊은이의 어깨를 툭툭 쳤다. 어림수의 얼굴에는 슬픔이라곤 티끌만큼도 없었다.

북문에서 그리 멀지 않은 곳에 강이 있었다. 강은 책성의 동편을 지나 흐르고 있었다.

주홍빛 쇳물

쇠멧골 소굴은 전보다 더 활기찼다. 소굴 마당에는 진흙으로 빚은 커다란 제철로에서 연기가 풀풀 피어 올랐다. 어른 둘이 힘차게 풀무질을 하자 제철로에서 주홍빛 연기가 피어 올랐다.

아금치 대장은 이미 산적이 아니었다. 아금치 대장은 산적들을 부흥군으로 변모시켰다. 주금도사와 세 의형제가 소금 마차를 빼앗아다 준 뒤부터였다.

사흘 밤낮으로 불을 때자 이윽고 제철로에서 시뻘건 쇳물이 흘러 나왔다. 철광석에서 쇠를 뽑아 낸 것이다. 모두들 탄성을 질렀다. 미루는 이 세상에서 가장 아름다운 색깔을 보았다. 쇠가 녹은 주홍색을 찬란한 고구려의 빛이라고 생각했다. 제련장이 멍치는 제철로에서 쇠가 흘러 나오는 모습을 흐뭇하게 바라보았다. 아금치 대장은 흥분하여 어쩔 줄 몰라 했다.

"멍치 어른, 저 쇳물로 창검부터 벼립시다."

아금치 대장은 신바람이 나서 어깨춤을 추었다. 그런데 제련장이 멍치는 고개를 가로저었다.

"아금치 대장, 이 첫 쇳물로 가마솥을 고아 이 근방 부족들에게 나눠 주는 게 어떻겠소?"

아금치 대장은 잠깐 생각에 잠기더니 이내 너털웃음을 터뜨렸다. 백산 말갈 부족들에게 소금 자루를 나눠 주었을 때 좋아하던 모습이 떠올랐던 것이다. 게다가 가마솥까지 나눠 준다면 더더욱 아금치 대장을 좋아하리라고 생각되었다.

"좋소이다, 하하하. 역시 멍치 어른은 고구려에서 제일 가는 제련장이구려. 그럽시다. 가마솥을 고아서 여러 부족들에게 나눠 주면 얼마나 좋아하겠소?"

"그리고 앞으로 군사를 모으려면 여기에도 가마솥이 많이 필요하오."

멍치는 주홍빛 쇳물을 바라보며 깊은 회한에 젖었다. 멍치는 평생 동안 철광석에서 쇠를 뽑아 내는 일을 해 온 제련장이였다. 책성으로 붙잡혀 가서 너무 혹사를 당한 나머지 병이 들었다.

멍치는 책성 북문 밖에서 일어났던 일을 잊을 수가 없었다. 멍치가 문득 정신을 차려 보니 깜깜한 밤중이었다. 게다가 비까지 부슬부슬 내리고 있었다. 멍치는 자기가 꼭 죽은 줄로만 알았다. 저승에도 비가 내릴까? 멍치는 주변을 살폈다. 그런데 분명히 성 밖의 벌판이었다. 멍치 앞에 소년이 비를 맞은 채 서 있었다. 멍치는 한참을 누워 있다가 몸을 움직여 보았다. 신기하게도 뻣뻣하게 굳었을 자신의 몸뚱이가 움직이는 것이었다. 멍치는 소년의 부축을 받으며 걸었다. 소년은 아무 말도 하지 않았다. 멍치는 책성을 흘긋 바라보며 눈물을 지었다. 성 안에 아내와 아이들이 있었기 때문이다.

북쪽 들판을 지나 다다른 곳은 강가였다. 비에 흠뻑 젖은 소년은 차돌 두 개를 부딪쳐 신호를 보냈다. 차돌이 부딪칠 때마다 불빛이 반짝거렸다. 그러길 몇 번⋯⋯. 이윽고 나룻배가 물살을 가르며 건너왔다. 그 배를 타고서도 소년은 아무 말이 없었다. 묵묵히 노를 저을 뿐이었다. 삿대를 잡은 사공도 말이 없었다. 강을 건너 다다른 곳은 작은 오두막이었다. 멍치는 그 오두막이 뱃사공 쉬투리의 집이란 걸 며칠 후에야 알았다. 자신과 동행한 소년이 퉁개란 것도 그 때 알았다. 퉁개는 날마다 물고기를 잡아다 고아 주었다. 잉어며 메기, 가물치⋯⋯. 멍치는 물고기죽을 먹으며 점점 기운을 회복했다. 그리고 미루와 함께 쇠멧골로 온 것이다. 멍치는 자신을 돌봐 준 퉁개가 그리웠다.

"퉁개는 지금 어디 있소?"

"뒷기미 나루에 있지요."

아금치 대장은 흐뭇한 표정을 지었다. 주금도사는 제자 격인 미루와 퉁개를 자신의 부하가 되게끔 허락했다. 아직 어리지만 퉁개는 성 안에 잠입할 수 있을 만큼 담력과 용기가 있었다. 미루 역시 그랬다. 쇠멧골 부흥군의 손색 없는 전령사였다.

두 소년은 말을 잘 탈 뿐 아니라 무예도 뛰어났다. 노예살이를 하다가 산적이 된 다른 부하들보다 훨씬 돋보였다.

"아금치 대장, 우리가 여기서 쇠를 뽑고 있다는 소문이 책성 태수에게 들어가면 안 돼요. 책성 태수가 가장 소중하게 여기는 곳이 쇠너미 광산입니다. 자칫하면 당나라 군사들에게 토벌을 당할지도 몰라요."

"알겠소이다. 실은 나도 여길 소중하게 생각하오. 그래서 위험을 무릅쓰고 광산에서 가까운 데에 소굴을 정했소. 오늘 이렇게 기쁜 일이 생겼으니 술과 고기를 배불리 먹읍시다. 제 철로를 만드느라 애를 쓴 동지들을 위로해야겠소."

쇠멧골 부흥군 소굴에서는 잔치판이 벌어졌다. 고기 굽는 냄새가 계곡 안에 가득했다. 제련장이 멍치가 쇠멧골에 들어오

면서 계곡에서 나뒹굴던 벌건 철광석이 쇠가 되는 기적이 일어
난 것이다.

다음 날 새벽, 미루는 뒷기미 나루로 떠났다. 성 안에서 흘러
나오는 소식을 전해 받기 위해서였다. 미루가 맡은 일은 그것
뿐만이 아니었다. 아금치 대장과 함께 백두산 일대를 돌기도
했다. 때로는 전령사로 혼자 낯선 부족을 찾아가기도 했다. 말
을 타고 깊은 산 속이나 광활한 들판을 달릴 때면 무섭기도 했
다. 하지만 미루는 아금치 대장이 가장 아끼는 용감한 소년 무
사였다. 미루는 뒷기미 나루에 도착하자마자 뱃사공 쉬투리에
게 말했다.

"쉬투리 아저씨, 드디어 철광석에서 쇠를 뽑아 냈습니다."

"그래? 그거 좋은 일이다. 쇠가 없으면 아무리 사람을 모아
도 소용 없는 일이지. 그런데 철광석은 어떻게 구하느냐? 광산
은 책성만큼이나 경비가 철저하다던데."

"쇠멧골 골짜기에 널린 게 철광석이에요. 작년에 산사태가
난 뒤에 드러났대요."

"음, 하늘이 우리를 돕는가 보다. 그래, 맞아. 동부여 시대에
도 쇠멧골에서 쇠를 생산했다지. 어쨌거나 제련장이 멍치가 건
강을 회복하지 못하면 어쩌나 걱정했는데, 잉어죽이 효험이 있

었구먼."

쉬투리는 고개를 끄덕였다. 그 날도 퉁개는 강에서 낚시를 하고 있었다. 아무도 퉁개가 주금도사의 제자이며, 쇠멧골 부흥군과 연결된 소년 무사라는 걸 알지 못했다. 퉁개는 쉬투리에게 사공 일을 배우는 어린 소년일 뿐이었다. 퉁개는 일이 뜸해지면 뒷기미 나루에서 한참이나 떨어진 책성 동편 절벽 근처에 자리를 잡고 낚싯줄을 드리웠다.

절벽에는 아무런 낌새가 없었다. 성곽 위에는 여전히 당나라 군사들이 파수를 보고 있었다. 성 안에서 노예살이를 하는 의형제 아우 슬이가 그리웠다.

퉁개가 그런 생각에 잠겨 있을 때 미루가 찾아왔다. 뒷기미 나루에서 한참이나 떨어진 갈대밭에서 퉁개를 찾을 수 있는 사람은 쉬투리와 미루뿐이었다.

"퉁개야."

"어, 미루 형 왔네."

퉁개는 벌떡 일어났다. 두 소년은 반갑게 손을 잡았다. 미루는 물에 담가 놓은 물고기 바구니를 들여다보았다. 커다란 잉어가 펄떡이고 있었다. 퉁개의 낚시 실력은 어른 못지않았다. 날마다 잉어와 가물치며 누치를 몇 마리씩 낚았다.

미루는 빙그레 웃으며 퉁개 옆에 앉았다. 그러고는 강 건너를 바라다보았다.

"퉁개야, 나도 성 안으로 들어갈까? 도사님과 슬이가 보고 싶어."

"안 돼, 미루 형. 도사님이 들어오지 말고 기회를 기다리라고 엄명을 내리셨어."

미루는 성 안 주금도사에게 철광석을 녹여 쇠를 뽑아 냈다는 소식을 전할 생각이었다. 그러나 소식을 전할 수가 없게 되었다. 이내 지루한 장마가 시작되었기 때문이다.

강물은 엄청나게 불어났다. 쉬투리의 오두막 아래까지 누런 흙탕물이 차올랐다. 나룻배를 오두막 뒷마당에 끌어다 밧줄로 아름드리 고목에 붙들어 매어 놓았다. 강 건너 책성의 동문 쪽 나루에서도 배들을 언덕으로 끌어올리는 고구려 노예들의 모습이 희미하게 보였다.

미루는 발이 묶였다. 장대비를 맞으며 쇠멧골로 돌아가기엔 길이 너무 험했다. 강을 두 개나 건너야 하고, 산굽이를 수없이 넘어야 했다.

한 달여에 걸쳐 내린 장맛비 때문에 미루와 퉁개는 쉬투리의 오두막에 갇힌 셈이었다. 덕분에 미루는 퉁개와 같이 지내는 즐거움이 있었다.

노예 시약소는 여전히 다치고 아픈 환자들로 북적였다. 주금도사는 아침부터 밤늦도록 일해야 했다. 환자들의 증세에 따라 약 처방을 달리하고 침으로 시술했다. 슬이는 열심히 일하며 의술을 익혔다. 아파서 자리에 누워 지내던 환자들이 나을 때마다 작은 보람이 있었다.

그런데 슬이에게 이상한 버릇이 생겼다. 주먹밥이 입맛에 맞지 않았다. 주금도사와 함께 선식을 하는 게 좋았다. 대장장이 어림수는 주금도사의 선식을 줄곧 마련해 왔다.

또 당나라 장교를 치료해 준 게 인연이 되어 도움을 받았다. 당나라 장교는 주금도사가 선식을 한다는 말을 듣고는 칡뿌리와 솔잎을 한 마차나 갖다 주었다. 주금도사는 그것을 자신의 선식뿐만 아니라 약재로도 썼다.

비록 시약소 약재창 관리가 약재를 제대로 주지 않았지만 주금도사는 환약과 고약을 만들었다. 그 비법을 슬이에게 조금씩 가르쳐 주었다.

"약은 정성을 들여야 효험이 있단다. 아무리 흔하고 값싼 약재라도 정성껏 달이고, 아픈 이가 나으려는 의지를 갖고 정성껏 먹으면 병은 저 멀리 달아나지. 양귀비 꽃대에서는 아편이 나온단다. 아편을 많이 쓰면 중독이 되지만 아픔을 덜어 주는 효능이 있어. 그래서 군사들이 전투할 때에 비상약으로 갖고 다닌단다."

"도사님, 그럼 양귀비를 키울까요?"

"쇠멧골과 연락이 닿으면 아금치 대장에게 이야기를 해야겠다."

슬이는 쇠멧골 사정이 궁금했다. 하지만 성 밖과 연락할 길이 없었다. 천둥이 치고 벼락이 번득이는 장마철이었기 때문이다.

어느덧 지루한 장마가 끝났다. 하늘을 뒤덮었던 장마 구름이 물러나고 청아한 푸른 하늘이 드러났다. 하지만 더위 때문에 책성 안 노예들은 비지땀을 흘렸다.

"도사님, 드디어 굴을 뚫었습니다."

"그래? 수고했네. 수고했어."

주금도사는 어림수의 등을 두드리며 칭찬했다.

"슬이야, 넌 성 밖과 연락을 취하는 일을 해라. 당나라 군사들도 너 같은 어린아이는 눈여겨보지 않을 테니까."

주금도사도 쾌히 승낙했다. 사실 주금도사도 성 밖과 연락이 두절되어 답답했다. 그것은 슬이도 기다리던 일이었다. 슬이는 어림수를 따라 오두막으로 뛰어갔다. 오두막 아궁이 밑의 납작한 돌을 들추자 굴로 통하는 입구가 나왔다.

슬이는 어림수를 따라 굴 속으로 기어들어갔다. 너무나 깜

깜해서 앞을 분간할 수가 없었다. 어림수는 촛불을 켰다. 이 굴을 뚫기 위해 대장장이들은 얼마나 힘들었을까? 슬이는 콧날이 시큰해졌다.

"슬이야, 이 굴을 파는 데 꼬박 이 년이 걸렸단다. 아저씨들은 이 굴에 희망을 걸었단다. 이제 굴 끝이 나온다."

정말 굴 끝이 보였다. 환한 바깥. 어림수를 따라 밖을 내다보았다. 맑은 공기, 푸른 하늘, 그리고 눈앞에 펼쳐진 넘실대는 강물은 시퍼랬다. 아래는 절벽이었다. 강 건너는 무성하게 자란 갈대밭이 이어지고 있었다.

"넌 앞으로 이 굴을 통해 드나들어야 한다."

"알겠어요, 아저씨."

"그리고 이 아래는 물살이 굽이치는 길목이라 소용돌이가 심해. 그래서 배들도 피해 다닌단다."

어림수는 감회 어린 표정으로 강을 내려다보았다. 슬이는 강 건너를 바라보았다. 짙푸른 갈대밭이 펼쳐진 그 곳은 조용하기만 했다. 그러나 워낙 물살이 센데다가 성벽 아래가 절벽이라 사람의 접근이 쉽지 않았다.

"강을 건널 땐 이 박을 안고 헤엄을 치거라."

어림수는 속을 파내고 다시 붙인 커다란 박을 꺼내다 주었다. 굴 끝에는 여러 사람이 웅크릴 수 있는 공간이 있었다. 그 곳에는 굴을 팔 때 쓴 망치며 정이 놓여 있었다. 슬이는 어림수가 마냥 존경스러웠다.

"우선 뒷기미 나루와 연락이 돼야 한다. 뒷기미 나루는 저기 갈대밭 끝이야. 그리고 이리 건너올 땐 저 건너 위쪽에서 내려와야 한다. 아무리 물살이 세더라도 헤엄치는 요령이 있으면 건널 수 있어."

"잘 할 수 있어요, 아저씨."

"그래. 아직은 어른들이 나설 수가 없단다. 너는 잡히더라도 그리 큰 벌을 받지는 않을 거야. 어리니까."

슬이는 날이 어둑해지기를 기다렸다가 강물 속으로 뛰어들었다. 강물은 차가웠다. 어림수는 슬이가 헤엄치는 광경을 지켜 보았다.

물살은 정말 빨랐다. 슬이는 떠내려가면서 점점 강 중심으로 접어들었다. 어림수가 말한 뒷기미 나루까지는 얼마 걸리지 않았다.

강을 건넌 슬이는 희미한 불빛이 깜박이는 오두막을 찾았다.

"계십니까?"

슬이는 주인을 나직이 불렀다. 그러자 굵직한 어른의 목소리가 흘러 나왔다.

"누구시오? 날이 저물어 배를 띄울 수가 없는데……."

"저기 배를 타러 온 게 아니고요. 저는 성 안에서……."

성 안이란 말이 나오기가 무섭게 방문이 열렸다. 그러고는 미루와 퉁개가 뛰어나왔다.

세 소년은 얼싸안고 기쁜 해후를 했다. 쉬투리 사공도 기쁜 얼굴로 고개를 끄덕였다.

"고생이 많았지, 슬이야?"

"난 도사님과 같이 있어서 고생을 모르고 지냈지 뭐. 형들은 어떻게 지냈어?"

슬이는 노예의 고통이 어떤 것인지 말하지 않았다. 퉁개가 슬이의 발목을 어루만지며 눈물을 글썽였기 때문이다. 굴로 들어가기 전에 어림수가 족쇄를 풀어 주긴 했지만 슬이의 발목엔 군살이 박혀 있을 정도로 흉터가 나 있었다. 미루도 슬이의 상처를 바라보며 탄식했다.

"우린 잘 지냈어. 슬이야, 넌 성으로 다시 돌아가지 마."

미루가 슬이의 손을 잡고 말했다. 의형제를 맺은 막내가 노예살이를 하는 게 무엇보다 안타까웠다. 하지만 슬이는 고개를 가로저었다.

"안 돼. 돌아가야 해. 난 성 안 사정을 성 밖으로 알리는 일을 맡았거든."

슬이는 성 안 사정을 보고 들은 대로 이야기했다. 어른들이 이태에 걸쳐 굴을 파서 성 안과의 통로가 생겼다는 말에 미루는 무척이나 기쁜 표정이었다.

세 소년은 뒷기미 나루에서 하룻밤을 보냈다. 그리고 동틀 무렵에 갈대밭을 걸었다. 풀숲에 맺힌 이슬에 세 소년의 바짓가랑이가 젖어들었다. 뿌얀 물안개가 피어 오르는 강 저편 갈대밭은 숨어 다니기에 아주 좋았다. 그 길은 미루가 쇠멧골을 오가는 길이었다.

책성이 안개 사이에서 드러났다. 슬이는 미루와 퉁개를 바라보며 피식 미소를 지었다.

"나 돌아갈게."

슬이는 미루와 퉁개에게 손을 흔들고는 강변을 걸어 내려갔다. 그러고는 찰랑이는 강물로 들어갔다. 슬이는 헤엄쳐서 강을 건너기 시작했다. 빠른 물살 때문에 순식간에 저만치 밀려갔다. 이윽고 슬이는 절벽 쪽을 향해 다가갔다.

미루는 쇠멧골로 가기 위해 갈대밭으로 사라졌다. 이제 갈대밭에는 퉁개 혼자 남았다.

슬이가 성 밖으로 나왔다가 돌아간 뒤, 미루는 다시 갈대밭에 나타났다. 성에서 어른 몇이 탈출해 왔기 때문이다. 화살촉과 말굽, 창검을 벼리는데 신기의 기술을 익힌 대장장이들과 집을 짓거나 마차를 만드는 재주가 있는 목수들이었다. 그들은 쇠멧골에서 가장 필요한 어른들이었다.

갑자기 대장장이들과 목수들이 사라지자 성 안 당나라 군사들은 비상이 걸렸다. 게다가 망치며 모루, 집게, 대패, 자귀 같은 연장을 갖고 사라져서 당나라 군사들은 눈에 불을 켜고 노예 거주지를 샅샅이 뒤졌다. 하지만 아무것도 발견하지 못했다. 성 밖으로 나가는 굴을 아는 사람은 어림수와 대장장이 몇 사람, 슬이 그리고 주금도사뿐이었다. 어림수와 같이 굴을 팠던 사람들은 이미 강을 건너 미루에게 인도되었다.

"다음은 도사님 차례입니다. 쇠멧골에서도 도사님의 의술이 필요합니다."

어림수가 나직이 속삭였다.

"하긴 그렇지. 자넨 언제 나가려나?"

"전, 끝까지 남으렵니다. 이 곳에 있는 동포가 무려 사천 명이나 됩니다. 누군가는 있어야죠. 아금치 대장과 이미 약속했습니다."

"그래, 자네 같은 사람도 있어야지. 훗날을 기다리며."

주금도사는 태연스럽게 환자를 치료했다. 성을 빠져 나가는데 준비할 것도 없었다. 지팡이 하나와 간단한 치료 도구만 있으면 되었다. 슬이도 노예 거주지를 빠져 나간다는 희망이 불끈 솟아올랐다.

뜻밖의 일이 생겼다. 책성 약재창 관리가 노예 시약소를 찾아온 것이다. 약재창 관리는 전부터 주금도사의 의술을 눈여겨보고 있었다. 다른 노예 의원들과 달리 주금도사는 늘 귀한 약재를 달라고 졸라대고, 당나라 약전 처방을 배우려고 노력했다. 약재창 관리도 의원인지라 주금도사의 헌신적인 모습이 존경스럽기까지 했다. 그래서 전같이 학대하거나 윽박지르지 않았다. 말씨도 많이 공손해졌다.

"주금 의원, 같이 가야 할 일이 있소."

"무슨 일로? 난 노예 시약소 일도 바쁩니다."

주금도사는 시큰둥하게 말하곤 하던 일을 계속했다. 관리는 기가 찬 듯 혀를 차며 말을 이었다.

"주금 의원, 태수 나리께서 종기를 앓고 계시오. 아무래도 주금 의원이 왕진을 가 봐야겠소."

"거긴 당나라 의원들이 많잖소? 나 같은 노예가……."

"아무리 치료를 해도 차도가 없답니다. 태수께서 앓고 계신 종기를 낫게 해 주면 노예에서 벗어날 수 있게 해 주겠소. 어서 가십시다."

시약소 약재창 관리의 채근에 주금도사는 더 이상 버틸 수가 없었다. 더욱이 관리 뒤에는 창을 든 군사들이 서 있었다.

"저기, 주금 의원, 태수 나리의 안전에 가야 하니 이 옷으로 갈아 입으시오."

시약소 관리는 군사가 들고 있는 당나라 옷을 받아 주금도사에게 건네 주었다. 주금도사는 고개를 설레설레 저었다.

"난 고구려 사람입니다, 나리. 당나라 옷은 당치도 않아요."

"어허, 책성 태수를 치료하는 분이 그런 너덜너덜한 옷을 입고 가겠다는 거요? 어서 입으시오."

주금도사는 내키지 않았지만 당나라 옷을 입었다. 당나라 하급 관리들이 입는 관복이었다.

"그럼 내 제자도 데려가겠습니다."

"아니 되오. 태수 나리의 처소에는 심부름하는 사람들이 많이 있소.”

“난 제자가 없으면 안 됩니다. 더욱이 태수 나리의 치료는 막중한 책무가 아닙니까? 내 제자는 아직 어리지만 약을 달이는 솜씨가 뛰어납니다.”

약재창 관리는 한참 동안 고심했다. 슬이가 너무 어려 보였기 때문이다.

하지만 주금도사가 완강히 고집을 부리자 승낙했다. 슬이에게도 당나라 아이들이 입는 옷을 구해다 주었다.

“태수 나리의 처소에서는 각별히 조심을 시키시오. 어린아이가 까불고 뛰어 놀아선 아니 되오.”

“까불고 뛰놀 아이가 아니올시다.”

주금도사는 은근히 슬이를 치켜세웠다.

약재창 관리는 주금도사와 슬이를 이끌고 대장간으로 갔다. 대장간에서 일하던 사람들이 눈이 둥그래져서 바라보았다. 요란하게 울리던 망치 소리가 뚝 멈추고 찬물을 끼얹은 듯 조용해졌다. 난데없이 주금도사와 슬이가 당나라 옷을 입고 있었기 때문이다.

“이 두 사람의 족쇄를 풀어 주어라!”

약재창 관리는 어림수에게 버럭 소리를 질렀다. 어림수는 의아한 얼굴로 슬이에게 속삭였다.

"무슨 일이 있어? 다음엔 도사님을 탈출시키기로 약속했잖아."

"태수의 종기를 치료해야 한대요, 아저씨."

어림수는 난감한 표정을 지었다. 이미 뒷기미 나루에서는 아금치 대장과 미루가 기다리고 있었다.

슬이의 족쇄는 구태여 망치질을 하지 않아도 되었다. 수시로 족쇄 비녀를 끼었다 빼게끔 만들었기 때문이다. 그래서 슬이는 밤에 잠을 잘 때나 굴을 통해 성 밖으로 나갈 때 족쇄를 벗고 다녔다. 그래도 약재창 관리가 지켜 보고 있어서 건성으로 망치질을 했다.

족쇄를 벗고 주금도사와 슬이는 태수의 처소로 이끌려 갔다. 태수의 처소는 다른 관청과는 달리 담장으로 겹겹이 둘러쳐 있었다. 대문을 세 개나 통하고 나서야 안채에 다다를 수가 있었다. 슬이는 점점 깊은 감옥으로 들어가는 기분이었다. 그 곳에서는 탈출을 생각하지도 못할 것 같았다.

이윽고 주금도사와 슬이는 별채로 들어갔다. 그 곳은 태수의 시중을 드는 관리나 노예들이 사는 집이었다. 태수의 주치의가 주금도사를 힐끗 바라보곤 미간을 일그러뜨렸다.

"저 오랑캐 늙은이가 태수 나리의 종기를 고칠 수 있을까?"

"오랑캐치곤 의술을 제대로 닦은 노인입니다."

약재창 관리는 자신 있게 말했다. 주치의는 입을 비죽 내밀었다.

"일단 태수 나리께 데리고 가 보지."

주치의의 안내로 주금도사는 태수의 방으로 들어갔다. 슬이도 뒤따랐다.

태수는 두꺼운 요에 엎드려 있었다. 엉덩이 부분에 난 커다란 종기 때문에 누울 수가 없었다. 옆에는 태수의 시중을 드는 하녀들이 부채질을 하고 있었다. 태수는 미간을 일그러뜨리며 신음했다.

"태수님, 새 의원을 데려왔습니다."

"그래, 오랑캐 노예든 당나라 의원이든 내 종기만 고치면 된다. 아이고!"

태수는 몸을 비틀며 말했다. 주금도사는 태수의 종기를 살폈다. 종기는 벌겋게 부어올라 있었다.

"수술을 해야 합니다. 지금껏 고약만 붙이셨군요."

주금도사가 주치의에게 나직이 말했다.

"무엄하다. 태수 나리 몸에 칼을 대겠다는 거냐?"

주치의가 버럭 소리를 질렀다. 그러자 태수가 손을 내저으며 말했다.

"아니다. 오랑캐 의원 말대로 해 봐라. 설마 죽기야 하겠느

냐? 아이고, 쑤셔서 못 견디겠다."

태수가 허락하자, 주금도사는 치료 도구를 펼쳐 놓았다. 금
침과 은칼이 반짝거렸다.

"피고름을 닦아 낼 헝겊과 따뜻한 물을 준비하시오. 그리고
독한 당나라 술도 가져오시오."

주금도사가 엄숙히 말했다. 하녀들이 쭈르르 달려나가 대야
에 물을 담아 왔다. 그리고 헝겊 뭉치도 가져왔다.

"슬이야, 넌 손을 씻고 헝겊으로 피고름을 닦아라."

나직하면서도 근엄한 주금도사의 목소리에 슬이는 침착하
게 손을 씻고 헝겊을 펼쳐 들었다. 주금도사는 하녀가 가져온
독주를 잔에 따르고는 은칼을 담갔다. 그러고는 촛불에 은칼을
갖다 댔다. 은칼에 시퍼런 불이 붙었다.

"슬이야, 이런 은칼도 청결해야 한다. 이렇게 불로 깨끗하게
해야 상처가 덧나지 않는단다."

주금도사는 은칼로 상처를 푹 찔렀다. 주치의의 얼굴 근육
이 떨렸다. 그와 동시에 태수가 짧은 비명을 질렀다.

"악!"

"참으시오, 태수 나리."

주금도사는 두 손으로 종기를 눌렀다. 그러자 피고름이 분
수처럼 솟아올랐다. 슬이는 누런 고름과 함께 나오는 벌건 피

를 닦았다.

피고름이 묻은 헝겊이 대야에 쌓였다. 은칼로 찢은 부위에 고약을 붙이는 것으로 수술은 끝났다.

주금도사는 탕약을 만들었다. 별채 약재방에는 수많은 약재들이 쌓여 있었다. 시약소 약재창에서는 보지도 못한 것들이었다.

주금도사는 약재창 관리가 내준 『본초강목』과 당나라 탕약 처방전을 펼쳐 보며 약재를 조제했다. 그러고는 조제한 약재를 슬이에게 건네 주었다.

"은근한 불에 한나절을 달여라."

"이 어린아이가 약을 제대로 달일 수 있단 말인가?"

주치의는 슬이를 힐끗 바라보며 말했다.

"할 수 있소이다. 내가 조제한 약은 내 제자가 달여야 합니다. 다른 사람은 절대 안 됩니다."

슬이는 당나라 하인들과 관리들이 지켜 보는 가운데 약을 달였다. 이글이글 타오르는 숯불에서 약탕기가 서서히 달아올랐다.

태수의 종기는 점차 아물었다. 태수의 처소 별채에서 기거한 지 닷새. 슬이는 답답해서 미칠 것 같았다. 차라리 족쇄를 차고 지내는 노예 거주지가 편했다. 거기다 당나라 하인들이 들여 오는 밥상이 마음에 들지 않았다. 이미 슬이도 선식에 익숙해져 있었다. 미루가 쇠멧골에서 마련해 온 칡가루와 솔잎가루에다 곡물가루를 찬물에 섞어 타 먹는 선식만으로도 충분했다. 당나라 사람들은 주금도사와 슬이의 식사를 이상하게 생각했다.

"이제 우리를 노예 거주지로 보내 주시오."

주금도사는 주치의에게 말했다. 그렇지 않아도 주치의는 주금도사와 슬이를 돌려 보낼 작정이었다. 자신도 고치지 못한 태수의 종기를 간단히 처리한 주금도사를 시기하는 마음이 일었기 때문이다.

"태수 나리의 상처가 아물고 있으니 좀더 기다려 봐."

태수의 막료들은 병문안을 올 때마다 주금도사와 슬이를 노예 거주지로 보내야 한다고 주장했다.

"태수 나리, 노예를 가까이 두면 안 됩니다. 노예는 노예답게 대해야 합니다. 노예가 당나라 관복을 입고 태수 나리의 처소를 마음대로 드나들게 해선 안 됩니다."

하지만 태수는 주금도사가 적이 마음에 들었다. 노예 시약소로 보내기엔 아까웠다.

"음, 그 오랑캐 의원과 제자 아이를 속방시키되, 우리 병영의 군의로 삼아라. 내 병을 치료한 보답이다. 비단옷 한 벌과 새 가죽 신발을 내주고, 의원에겐 장안에서 만든 금침과 은칼도 주어라."

속방은 노예에서 해방시킨다는 말이었다. 또한 주금도사는 당나라 군사들을 치료하는 군의로 발탁되었던 것이다. 그렇지만 주금도사도, 슬이도 기쁘지 않았다. 그저 태수의 명령을 묵묵히 따를 뿐이었다. 비단으로 짠 새 옷은 어색하기만 했다.

책성 일대에 군사들이 2만 명이나 주둔해 있는 까닭에 성 안 병영은 엄청 넓었다. 군사들의 숙소와 수백 필의 말들을 가둘 수 있는 마구간들이 줄지어 늘어서 있었다.

다행히 당나라 군사들은 주금도사와 슬이를 학대하지 않았다. 태수의 종기를 고쳤다는 소문이 퍼져 오히려 다정하게 대해 주었다.

당나라 군사들은 변방에서 오랫동안 생활한 까닭에 고향을 그리워했다. 어떤 사람은 고구려가 망하던 열다섯 해 전에 끌려와 한 번도 고향에 가 보지 못한 채 늙어 가고 있었다.

당나라 군사들은 고구려 말도 잘 했다. 그들은 슬이를 무척이나 귀여워했다. 성 밖으로 출동을 나갔다가 돌아올 때면 머루나 다래를 따다 주기도 했다.

슬이는 건성으로 당나라 군사들과 친하게 지냈다. 그래서 슬이는 성 안을 마음대로 들락거릴 수 있었다. 아무도 슬이의 행동을 제지하지 않았다. 주금도사의 약재 심부름을 핑계 대면 그만이었다. 슬이는 아무리 의심해 보아도 열두 살짜리 소년에 불과했다.

그런 슬이에겐 다른 속셈이 있었다. 기왕에 병영에서 일하게 된 터라 얻어들은 이야기를 어림수에게 전해 주는 것이었다. 슬이는 노예 시약소를 무시로 드나들며 당나라 군사들이 출동하는 시각, 성곽의 경비 상태, 장수들의 이름까지 전해 주었다. 그리고 쇠뗏골 아금치 대장이 주금도사에게 전하는 말도 중간에서 다리 역할을 했다.

그 중 현덕부에서 대조영 장군이 당나라 군대를 물리쳤다는 이야기는 성 안 고구려 사람들 모두에게 기쁨과 희망을 안겨다 주었다. 주금도사도 그 소식을 전해 듣고 놀라움을 금치 못했다.

"대조영 장군이?"

"예, 현덕 일대를 탈환했답니다. 그 곳에는 당나라 군사가 하나도 남아 있지 않다는데요."

"흠, 기쁜 소식이로고."

그 소식이 전해진 날, 병영 시약소의 작은 골방에서 주금도사와 슬이는 마냥 기뻐했다.

말 달리는 전령사

북쪽에서 찬 바람이 불기 시작했다. 산자락에는 단풍이 물들었다.

찬 바람을 맞으며 말 한 필이 북으로 달리고 있었다.

다그닥다그닥……. 말은 경쾌하게 숲을 지나 들판을 달렸다. 말 잔등 위에는 활과 장검으로 무장한 어린 무사가 타고 있었다. 머리에는 말가죽으로 만든 가벼운 투구도 쓰고 있었다. 어린 무사는 퉁개였다. 퉁개는 지금 흑수 말갈 부족을 찾아가는 길이었다.

불어 오는 바람을 가르며 달릴 때면 퉁개의 두 뺨은 발갛게 달아올랐다. 다리에 힘을 주어 박차를 가할 때마다 말은 쏜살

같이 달렸다.

퉁개는 달리다가 말이 지치면 쉬었다. 시냇가에서 시원한 물을 같이 마시고 쉴 때면 마냥 행복했다. 퉁개는 말을 무척이나 좋아했다. 풀을 베어다 말에게 먹인 다음에야 불을 피웠다. 그리고 비상 식량인 마른 물고기를 구워 먹고는 말과 함께 잠을 잤다.

날이 밝으면 다시 길을 떠났다. 쉬투리가 가르쳐 준 흑수 말갈 부족 마을을 찾았지만 사람이 사는 마을은 멀고도 멀었다.

이윽고 다다른 마을에 흑수 말갈 부족이 모여 살고 있었다. 퉁개는 부족장을 찾아갔다.

"어디서 온 전령사이냐?"

"쇠멧골 부흥군 전령사입니다, 부족장님."

"흠, 그래? 어린 전령사로군. 먼 길 오느라 수고 많았다."

부족장은 먼 길을 달려온 퉁개를 반겼다. 퉁개는 말에서 내려 천막으로 들어갔다. 짐승 가죽으로 지은 천막은 의외로 아늑했다. 천막 가운데에는 화로가 놓여 있고, 주변에는 짐승 가죽이 깔려 있었다. 퉁개는 부족장에게 넙죽 절을 올리고는 참대나무 대롱을 꺼냈다. 그 속에는 아금치 대장이 쓴 편지가 들어 있었다.

부족장님께

군사를 일으킬 때가 되었습니다. 저희 쇠멧골 부흥군 진영은 쇠를 생산하여 무기를 만들고 있습니다. 여러 부족들이 힘을 합쳐 당나라를 물리칩시다.

쇠멧골 고구려 부흥군 대장 아금치 올림

편지를 읽은 부족장은 눈을 감은 채 깊은 생각에 잠겼다. 부족장도 군사를 일으킬 마음은 있었다. 하지만 자신의 부족 중엔 군사로 나갈 만한 젊은이가 그리 많지 않았다. 여자와 아이, 노인들을 빼면 젊은 남자는 50명도 채 안 되었다. 이 부족은 남쪽에 수상한 당나라 군사들이 나타나면 북쪽 다른 부족들에게 연락하는 역할을 하고 있었다.

"넌 어느 부족이냐?"

부족장이 한참 만에 물었다.

"흑수 말갈이오."

퉁개는 머뭇거리다가 대답했다.

"그래? 아버지 함자가 어떻게 되느냐?"

"미투랑입니다. 백두산 기슭에서 백산 말갈 친척과 같이 살다가 작년에 돌림병이 번져 모두 돌아가셨어요. 전 틀림없는 흑수 말갈 부족입니다. 아버지가 숨질 때에 그 말씀을 해 주셨

거든요."

"흠, 그래. 작년에 그 지방에 돌림병이 돌았지. 슬픈 일이구나. 부디 씩씩하게 살아라. 이렇게 고구려 부흥군의 전령사가 된 걸 네 아버지가 아시면 얼마나 좋아하실꼬?"

부족장은 고구려 부흥군의 전령사가 된 어린 퉁개를 기특하게 여겼다. 책성에서 600리나 떨어진 이 곳까지 달려온 고구려 부흥군의 전령사는 의젓하기만 했다. 부족장은 어린 전령사가 또다시 다른 마을로 가야 하는 게 안타까웠다.

"넌 여기서 쉬다가 돌아가거라. 우린 대부족장 어른과 상의해서 남하하겠다. 아무리 우리가 작은 부족이지만 잃어버린 나라를 되찾는 일을 외면하진 않겠다. 여기는 우리 부족이 사는 최남단이다. 우리 부족의 본류는 여기서 오백 리는 더 올라가야 한다."

부족장은 부흥군에 동조할 것을 선선히 약속했다. 퉁개는 그 마을에서 며칠 동안 쉬었다. 그 동안 부족장은 여러 곳을 다니며 다른 부족들을 만나 아금치 대장의 격문을 알려 주었다. 퉁개의 일을 대신한 것이었다.

600리를 달려와 지친 말도 귀리와 콩으로 포식하며 기운을 되찾았다. 퉁개는 닳아 버린 말굽을 갈고 돌아갈 준비를 했다.

이웃 부족들을 만나고 돌아온 부족장은 비장한 얼굴로 퉁개에게 말했다.

"퉁개야, 우리 흑수 말갈 부족들은 아금치 대장에게 협력하기로 했다. 대조영 장군 측에서도 군사를 일으키라는 격문을 보냈단다. 우선 우리 부족 청년들을 훈련시켜야 해. 무기도 만들어야 하고. 돌아가면 아금치 대장에게 전해라. 우리가 곧 군사를 일으킬 거라고. 대부족장님은 네 안전을 위해 편지는 주지 않겠다고 하셨어. 혹시나 당나라 정찰대에 발각되면 큰일이니까. 대부족장님은 널 대단히 여기시더라."

부족장과 퉁개는 말 위에서 손을 잡았다. 부족장의 손은 거칠기 이를 데 없었다.

"안녕히 계세요, 부족장님."

"그래, 잘 가거라. 당나라 순찰대를 조심하고."

부족장과 헤어진 퉁개는 말을 달렸다. 마음이 무척이나 가벼웠다. 이토록 보람 있는 일을 해 본 적이 얼마나 있었던가. 퉁개는 과거를 돌이켜 생각했다. 과거는 그리 행복하지 않았다.

이틀을 남으로 달렸을 때 갑자기 눈앞에 당나라 기마 순찰대가 나타났다. 말은 모두 여덟 필이었다. 창검과 활로 무장한 기마병들을 보자 퉁개는 더럭 겁이 났다.

"아니, 아이 혼자서 말을 타고 있네."

당나라 군사가 손짓하며 떠들었다. 퉁개는 재빨리 말머리를

돌렸다. 그러고는 숲 속으로 쏜살같이 달렸다.

"서라! 서라!"

당나라 기마 순찰대가 뒤를 쫓았다. 퉁개는 죽을 힘을 다해 채찍을 휘둘렀다. 말도 퉁개의 다급한 마음을 알았는지 겅중겅중 뛰었다. 작은 나뭇가지가 부러지고 잎사귀들이 떨어졌다.

그 때 화살이 퉁개의 귓전을 스치고 날아갔다. 퉁개는 몸을 말머리 쪽으로 바짝 엎드리고는 방향을 바꿔 동쪽 기슭으로 달렸다.

"서라! 서라!"

당나라 군사들의 고함 소리는 점점 멀어졌다. 말 여덟 필을 따돌린 것이었다. 말도 퉁개도 곧 쓰러질 듯 지쳐 버렸다. 멀리 당나라 기마 순찰대가 돌아가는 모습이 보였다. 퉁개는 비로소 안도의 한숨을 내쉬었다.

당나라 기마 순찰대를 따돌리느라 근 100리 길을 돌아가야 했다. 그런데 이상한 광경이 눈앞에 펼쳐졌다. 바다였다. 퉁개는 바다를 처음 보았다. 하얀 물거품을 일으키며 부서지는 파도……. 저 멀리 수평선이 보였다. 퉁개는 천천히 말을 몰아 바다로 갔다. 말에서 내려 하얀 모래밭을 뛰었다. 가슴이 활짝 열리는 기분이었다. 퉁개는 수평선 위에 떠 있는 뭉개구름을 바라보며 문득 가족을 떠올렸다. 흑수 말갈 부족이 먼 속말수로 떠날 때 낙오한 아버지와 어머니 그리고 할아버지……. 다행히 백산 말갈 친척을 만나 정착해서 퉁개를 낳았다. 문득 뭉게구름 사이로 가족의 모습이 나타났다. 퉁개는 뭉게구름에 나타난 가족에게 소리쳤다.

"전 외롭지 않아요. 의형제를 맺은 형제들이 있으니까요. 그리고 할아버지만큼 다정한 주금도사님도 있어요. 지금 전 쉬투리 아저씨 움막으로 돌아가는 길이에요. 이제 고구려는 다시금 살아날 거예요. 할아버지, 할머니, 삼촌, 아버지, 어머니……."

공물을 되찾아라

어느덧 소년 무사 삼 형제는 키가 한 뼘씩 자랐다. 미루는 뒷기미 나루와 쇠멧골을 뻔질나게 오갔다. 퉁개도 흑수 말갈 부족들과 끊임없이 연락했다. 흑수 말갈 부족 중에서 선발된 무사 몇이 책성을 정찰하고 돌아가기도 했다.

슬이는 주금도사와 함께 여전히 책성 안에 머물고 있었다. 변한 게 있다면 주금도사가 책성 태수의 주치의가 된 것이다. 고구려 노예 출신을 주치의로 임명하자 막료들의 반대가 심했다. 하지만 태수는 의술이 뛰어난 주금도사가 마음에 들었다.

아침이 되면 주금도사와 슬이는 태수의 방으로 들어가 진맥을 했다. 너무 뚱뚱한 태수는 늘 몸이 불편했다.

"태수 나리, 음식을 적게 드셔야 합니다."

"허허허, 난 먹으려고 태어난 모양이야. 하지만 안 먹어도 살이 찌는 걸 어쩌란 말인가? 어쨌거나 주금 의원이 내 몸을 돌봐 준 뒤로 한결 마음이 가벼워졌어. 내 꿈은 이런 변방의 태수 벼슬이 아니거든. 황제 폐하를 가까이에서 보필하는 장수가 되거나 벼슬을 하는 게 소원이라고. 주금 의원이 내 몸을 잘 돌봐줘야 해. 그래야만 장안으로 가게 될 게야. 우리 황제 폐하께옵선 오랑캐라 할지라도 능력이 있으면 벼슬을 내리신다고. 기대해도 되오, 주금 의원. 운이 좋으면 황실 내의원이 될지도 몰라, 하하하."

태수는 너털웃음을 터뜨렸다. 주금도사는 빙그레 미소를 지었다.

"영광입니다. 이 미천한 고구려 의원을 그렇게 칭찬하시다니."

"원, 그런 말을? 고구려 땅에도 주금 의원같이 의술을 잘 닦은 의원이 있다는 게 놀랍소. 오늘은 말을 타고 성 안을 시찰해 볼까?"

"그러셔야 합니다. 말타기는 좋은 운동이죠."

"그래, 맞아. 오랑캐들은 어려서부터 말타기를 하지. 그래서 건강한가?"

"그렇습니다. 고구려 사람들은 원래 기마 민족입니다. 어려서부터 말타기를 하죠."

그렇게 사소한 이야기를 나누고 나오는 게 일과였다. 태수의 아내와 아이들도 모두 주금도사와 슬이가 치료했다. 슬이는 날마다 태수를 위해 보약을 달였다.

주금도사는 마음대로 약을 조제할 수 있게 되었다. 풍부한 약재에다 간섭하는 사람도 별로 없었다. 더욱이 당나라 서울 장안에서 편찬한 처방전이며 약전을 뒤적여 새로운 의술을 터득했다. 그 의술은 모두 슬이에게 전수되었다.

그 무렵 태수는 장안에서 더 높은 벼슬을 하려고 무진 애를 쓰고 있었다. 태수는 황제는 물론 높은 벼슬을 하고 있는 고관들에게도 황금덩이를 보냈다. 쇠너미 광산에서 금맥이 발견되자 가장 기뻐한 사람은 책성 태수였다. 태수는 고구려 노예들을 다그치며 금광석 캐기에 열중했다. 그렇게 거둔 금광석을 당나라에서 온 연금술사가 황금덩이로 만들었다.

"슬이야, 공물 행렬에 군사들이 이천 명이나 따라 붙는단다. 그 중에 군사 삼백 명이 호위하는 마차에는 황금이 들어 있단다. 이게 공물 행렬이 지나가는 길이다."

슬이는 주금도사가 그려 준 지도를 대장장이 어림수에게, 어림수는 다시 성 밖 뒷기미 나루 통개에게, 통개는 다시 미루

에게 전했다. 그리고 아금치 대장에게 전해졌다가 현덕부에서
군사를 모으고 있는 대조영 장군의 손에 들어갔다. 그토록 치
밀하면서도 드러나지 않게 고구려의 부흥 운동은 진행되고 있
었다.

당나라 장안으로 떠나는 공물 행렬은 엄청났다. 짐을 잔뜩
실은 나귀 떼와 노새 떼, 말 두 필이 끄는 마차와 황소가 끄는
마차 등이 줄을 지었다. 그리고 책성 일대 너른 평원에서 방목
한 말들이 천여 필이나 되었다. 더욱이 황소와 나귀를 이끌 견
마잡이 노예들도 2천여 명이나 되었다. 거기다 호위 군사 2천
명까지 공물 행렬은 장엄했다.

공물 운반을 맡은 장수가 관복을 입은 태수에게 경례를 했
다.

"네 목숨을 바쳐서라도 황제 폐하께 공물을 올려야 한다. 알
겠느냐?"

"옛, 명심하겠습니다."

"그리고 군부대신께 준비한 선물과 내 서찰을 꼭 전해라. 내
벼슬이 높아져야 너희들도 벼슬이 높아진다."

이른 아침부터 성을 빠져 나가기 시작한 공물 행렬은 한나
절이 걸려서 끝이 났다. 너무도 오랜만에 고향 땅으로 떠나게
된 군사들은 기쁨을 감추지 못했다. 그러나 주금도사는 미간을

찌푸리며 수염을 부들부들 떨었다.

"어이구, 나무아미타불."

슬이도 슬펐다. 고구려 사람들이 애써 가꾼 곡식이며 온갖 약재와 옷감들이 당나라로 떠나고 있었기 때문이다.

공물 행렬이 떠난 지 나흘 뒤, 다급하게 당나라 군사가 달려왔다. 태수의 처소 앞에 다다른 말은 그만 피를 토하고 쓰러졌다. 그 바람에 군사는 땅바닥에 나가떨어졌다. 군사는 고통스럽게 얼굴을 일그러뜨리며 일어나 엎드렸다.

"무슨 일이냐? 어서 보고해라."

"태수 나리, 저기, 저기, 습격을 당했습니다. 고구려 놈들에게 공물을 모두 빼앗겼습니다."

"뭣이? 아니, 호위 군사들은 무엇을 했더란 말이냐?"

태수는 깜짝 놀라 버럭 소리를 질렀다.

"푸르멧 강을 건널 때 기습을 당했습니다. 수천 명이나 되는 고구려 놈들이 매복해 있다가……. 급습을 하여……."

"아니, 정찰대가 앞서 살피지도 못했단 말이냐?"

"정찰대는 이미 강을 건너 십 리 이상 앞서 있었습니다. 강 건너로 공물을 반쯤 옮겼을 때 느닷없이 화살이 비 오듯 쏟아지면서 철갑기병들이 나타났습니다. 그 바람에 노예들이 달아나고 공물은 온통 고구려 오랑캐 놈들이 가져갔습니다."

"어허, 낭패로고. 오합지졸 같던 무리가 언제 철갑기병까지 조직했을꼬?"

태수의 얼굴이 어두워졌다. 태수가 책성에 부임한 뒤 산적들에게 사소한 물건을 빼앗긴 적은 있지만 황제에게 바치는 공물을 통째로 빼앗긴 일은 없었다.

"그러면 호위 군사들은 모두 전멸했느냐?"

"예. 푸르멧 강 양편에서 협공을 하는 바람에 꼼짝없이 당할 수밖에 없었습니다."

군사는 비통한 표정으로 대답했다.

태수는 땅바닥에 엎드린 군사를 바라보지도 않고 부장을 불렀다. 부장은 책성에서 태수 다음 가는 장군이었다.

"토벌대를 조직해라. 우리 공물을 호위하던 군사 이천 명을 전멸시켰으면 놈들은 적어도 오천 명 이상이 분명하다. 책성은 전투 태세로 돌입한다. 그리고 세금을 다시 거두어라. 공물은 반드시 보내야 한다."

"알겠습니다, 태수 나리."

태수의 명령에 책성은 비상이 걸렸다. 관복을 입던 관리들도 갑옷과 투구를 쓰고 장검을 찼다. 성곽에서 느슨하게 보초를 서던 군사들도 바짝 긴장했다. 고구려 노예들은 철저하게 통제되었다. 하지만 주금도사와 슬이만은 예외였다. 비록 태수의 처소 밖을 벗어날 수는 없었지만 그 안에서는 자유로웠다.

"도사님, 공물을 누가 빼앗았을까요?"

슬이는 궁금해서 물었다.

"글쎄다. 아금치 대장이 이제 무언가 보여 주려나 보다, 허허허."

다음 날 주금도사는 태수의 건강을 살피러 들어갔다. 태수는 이마에 손을 댄 채 얼굴을 찡그리고 있었다.

"주금 의원, 머리가 아파서 견딜 수가 없소."

"태수 나리, 마음을 비우셔야 합니다. 무슨 일이 있으신지?"

"어이구, 푸르멧 강에서 공물이 털렸소. 대조영이 이끄는 무리와 아금치가 이끄는 패거리들이 협공을 했다오. 쇠멧골에 모인 산적 떼를 토벌하지 못한 게 두고두고 후회가 되는군."

"아이고, 저런. 나리, 즉시 머리가 맑아지는 약을 조제해서 올리겠나이다."

태수는 머리를 감싸안으며 미간을 찌푸렸다. 주금도사는 태수에게 절을 하고 방을 나왔다. 주금도사의 얼굴이 밝아졌다. 별채에서 슬이와 눈이 마주친 주금도사는 싱긋 미소를 지었다.

태수의 막료들은 주금도사와 슬이를 마땅찮게 여겼다.

"태수 나리, 저 고구려 의원을 노예 거주지로 보내야 합니다. 나리 처소에 고구려 사람이 있어서는 안 됩니다. 염탐을 할까 두렵습니다."

"호호백발 노인과 어린아이가 무슨 염탐을 하겠소? 난 저 의원 때문에 건강해진걸."

"아닙니다. 노예 거주지로 보내야 합니다."

태수는 잠시 생각했다. 속방을 시켰다가 느닷없이 노예 거주지로 보내자니 체면이 없고, 주금도사의 의술도 아까웠다.

"그럼 병영 시약소로 도로 보내시오. 전투가 시작되면 의원이 모자라잖소?"

"그럼 그렇게 하겠습니다."

그렇게 또다시 주금도사와 슬이는 병영 시약소로 옮기게 되었다. 자연, 태수가 부장이나 막료들과 나누는 대화를 엿들을 수 없게 되었다. 그런데다 병영에 비상이 걸려 병영 시약소 밖으로 마음대로 나갈 수도 없었다. 주금도사나 슬이로선 감금당한 것이나 다름없었다.

책성 탈환

슬이와 어림수 사이의 연락이 끊겼다. 어림수는 대장간에서 밤낮을 가리지 않고 화살촉을 만들어야 했다. 당나라 군사들의 채찍은 더욱 사납게 춤추었다. 전투를 앞둔 터라 군사들은 사납기 그지없었다. 노예들은 자신들이 만드는 화살촉이 동포들을 향해 쏘아질 거라는 사실에 모두들 슬퍼했다. 뚝딱뚝딱 벌겋게 달군 쇳덩이를 두드려 화살촉을 만들 때마다 노예들의 슬픔은 한 꺼풀씩 더해 갔다.

그뿐만이 아니었다. 노예들은 성 밖으로 끌려나가 성벽 아래에 깊은 도랑을 파는 일도 했다. 파 놓은 도랑에는 뾰족하게 깎은 말뚝을 촘촘히 박았다. 책성 밖은 온통 뾰족하게 깎은 말뚝으로 뒤덮였다. 성문으로 통하는 도로에도 말뚝을 박고 밧줄로 묶었다. 고구려 부흥군 군사들과 말들이 쉽사리 달려들지 못하도록 하려는 방책이었다. 그리고 성곽에는 당나라 군사들이 늘어섰다. 성곽 한 귀퉁이에서는 화살촉을 숫돌에 날카롭게 갈아 화살에 끼우는 일이 쉴새없이 이어졌다. 대장간에서 날라온 창검들도 산더미처럼 쌓였다. 모두가 고구려 노예들이 하는 일이었다.

그런데 그들에게 희망이 솟는 일이 벌어졌다. 아금치 대장이 이끄는 무리가 드디어 서문 밖까지 온 것이다. 당나라 군사들은 초긴장 상태가 되었다. 태수는 국내성을 출발한 안동 도호부 원군 진영에 전령사를 보냈다. 그리고 책성 주변에 흩어져 주둔하고 있던 당나라 군사들을 모두 성으로 불러들였다.

아금치가 이끄는 고구려 부흥군 무리는 4천 명으로 불어나 있었다. 백두산 일대에 사는 백산 말갈 부족들이 앞을 다투어 참가했기 때문이다.

갑옷과 투구를 쓴 아금치 대장은 전열을 정비했다.

부흥군 군사들의 뒤에는 여러 가지 병기들이 뒤따르고 있었다. 화살방책, 투석기, 성곽을 부수는 통나무틀, 사다리, 그리고 식량을 실은 마차 등이 긴 행렬을 이루고 있었다.

부흥군 무리의 맨 앞에는 투구를 씌우고 철립을 덮은 말을 탄 철갑기병들이 섰다. 튼튼한 갑옷을 입은 철갑기병들은 장검과 활로 무장하고 있었다. 철갑기병 뒤에는 일반 기마병들, 활을 든 궁수들, 그리고 창을 번득이는 창수들이 서 있었다. 각 부족들을 상징하는 수많은 깃발들이 휘날렸다. 그리고 북 소리가 둥둥 울렸다.

그 뒤에는 황급히 가마솥을 걸고 밥을 짓는 아주머니들이 보였다. 그리고 진흙으로 화덕을 만들고 숯으로 불을 피워 쇠를 달구는 대장장이들의 손놀림이 바빴다. 수시로 말굽을 갈고 창검을 벼려야 하기 때문이다. 나머지들은 돌덩이를 짊어지거나 싸움에 쓸 도구들을 운반하는 사람들이었다.

아금치 대장은 장검을 뽑아 들고 부흥군 군사들에게 소리쳤다.

"모두 들으시오! 이제 우리는 저 성을 공격할 것이오. 이 땅에서 당나라 군사들을 물리칩시다! 고구려의 기상으로 싸웁시다!"

아금치 대장의 말에 부흥군 군사들은 함성을 질렀다. 와! 와! 우렁찬 함성이 책성 일대에 울려 퍼졌다.

책성에서는 굵은 통나무로 성문을 막기 시작했다. 창검으로 무장한 당나라 군사들은 성곽에 늘어서 있었다. 드문드문 연기가 피어 올랐다. 성곽을 기어오르는 부흥군에게 뜨거운 물을 끼얹으려고 물을 끓이는 것이었다.

부흥군은 점점 책성과의 거리를 좁혔다. 성곽 위를 지키고 있는 당나라 군사들의 얼굴을 알아볼 수 있을 만큼 진군했다.

"부월수들은 나무 말뚝을 제거하라!"

아금치 대장의 명령에 도끼를 든 부월수들이 나무 말뚝을 제거하기 시작했다. 부월수들을 노리고 성곽에서 화살을 쏘기 시작했다. 부월수들은 성곽에서 날아오는 화살에도 아랑곳하지 않고 도끼로 말뚝을 제거하며 전진했다. 드디어 성문까지 길이 뚫렸다. 다른 곳은 뾰족한 말뚝이 박힌 도랑 때문에 진격할 수가 없었다.

"철갑기병 출동!"

아금치 대장의 명령에 첫 공격이 시작되었다. 철갑기병들은 불화살을 활에 먹인 채 성문 앞으로 달려갔다. 따그닥따그닥 철갑기병들이 달려가자 화살이 비 오듯 쏟아졌다. 철갑기병들은 성문 앞을 가로막고 있는 통나무 방책을 향해 불화살을 쏘고는 돌아왔다. 하지만 불은 쉽게 붙지 않았다. 챙그랑챙그랑 철갑기병들의 몸에 화살이 날아와 부딪혔다가 떨어졌다.

"화살방책 앞으로!"

두꺼운 통나무 판자로 만든 화살방책을 비스듬히 세우고 군사들이 조금씩 앞으로 나아갔다. 화살방책에는 수많은 화살들

이 꽂혔다.

"궁수 화살 공격!"

궁수들이 쭈르르 화살방책 뒤로 달려가 성곽을 향해 화살을 쏘기 시작했다. 성곽에서 화살을 쏘던 당나라 군사 몇이 쓰러졌다.

"투석기 공격!"

투석기는 당나라 군사들이 갖고 있는 돌대포였다. 성 안에서 노예살이를 한 눈썰미 좋은 목수들이 그것을 본떠 만들었다. 투석기들이 앞으로 나아갔다. 사람 머리보다 더 큰 돌을 틀에 올려놓고 밧줄을 당기면 덜컹하고 틀이 튕기면서 돌이 포물선을 그리며 날아갔다. 부흥군의 투석기 공격이 시작되자 당나라 진영에서도 투석기로 대항했다. 성문 앞까지 돌격하여 불화살을 쏘고 돌아오던 철갑기병들도 뒤로 물러날 수밖에 없었다.

아금치 무리가 한창 서문을 공격할 무렵, 퉁개는 쉬투리가 모는 나룻배를 타고 깜깜한 밤중에 강을 건넜다. 나룻배에는 날래고 용감무쌍한 흑수 말갈 무사들이 같이 타고 있었다.

절벽 아래에 다다른 무사들은 퉁개의 안내를 받아 굴 속으로 숨어 들었다. 쉬투리는 조심스럽게 노를 저어 돌아갔다. 그러고는 다시 흑수 말갈 무사들을 태우고 왔다.

굴에서 나온 퉁개는 밖을 살폈다. 노예 거주지는 사람들로 가득 차 있었다. 수십 명씩 밧줄에 묶여 무리를 지어 앉아 있는 노예들은 겁에 질려 있었다. 당나라 군사들은 창검으로 위협하며 꼼짝도 못 하게 했다. 아이들이 울며 보채도 달랠 수가 없었다.

퉁개는 다시 굴로 들어갔다. 퉁개의 말을 전해 들은 흑수 말갈 무사들의 눈은 분노로 이글거렸다.

"나쁜 놈들! 죽도록 일만 시키고 전투가 벌어지니까 밧줄로 묶어 놓았다고?"

노예들을 감시하는 군사들이 꾸벅꾸벅 졸기 시작할 무렵, 퉁개는 무사들을 이끌고 굴을 나왔다.

고구려 사람들은 밤이슬을 그대로 맞은 채 떨고 있었다. 군데군데 피워 놓은 모닥불에서 불꽃이 피어 올랐다.

퉁개는 단검을 입에 물고 재빨리 사람들이 묶여 있는 곳으로 달려갔다. 밧줄에 묶인 채 머리를 숙이고 졸고 있던 사람들이 깜짝 놀랐다.

"쉿! 조용히 하세요. 여러분들을 구하러 들어왔습니다."

퉁개는 단검으로 사람들을 묶어 놓은 밧줄을 끊었다. 그 사이 흑수 말갈 무사들은 졸고 있는 당나라 군사들에게 달려들어 입을 틀어막고 넘어뜨렸다. 그러고는 입에 재갈을 물리고 밧줄로 묶었다. 순식간의 일이었다.

"퉁개야, 들어왔구나. 어서 밧줄을 풀어다오."

어림수였다. 퉁개는 어림수에게 달려가 밧줄을 끊었다.

"어림수 아저씨, 주금도사님과 슬이는 어디에 있어요?"

"병영 시약소에 계신 모양이다. 슬이를 만난 지 오래 되었
어."

밧줄을 푼 어림수는 옆에 있는 사람들의 밧줄을 풀었다. 그
러고는 나직이 말했다.

"내 움막으로 들어가면 성 밖으로 통하는 굴이 있습니다. 어
린아이와 노인네와 아녀자들은 어서 피하세요. 그리고 남자들
은 힘을 합쳐 싸웁시다. 퉁무리, 어설개, 피어리, 쉬두리, 자네
들은 어서 숨겨 둔 무기를 가져오게."

어림수의 명령에 깊이 숨겨 두었던 무기를 꺼냈다. 그러고
는 통나무로 노예 거주지 문을 막았다.

그 사이 퉁개는 이미 노예 거주지를 벗어나 있었다. 병영 담
장을 훌쩍 넘어 시약소로 달려갔다. 기름 등을 밝힌 시약소 마
당에는 고구려 부흥군과 싸우다 다친 당나라 군사들로 가득했
다. 군사들이 지르는 비명은 처절했다. 피투성이가 된 채 몸을
비트는 군사, 이미 숨이 끊어진 군사. 그 사이를 비집고 주금도
사를 찾았다. 슬이와 주금도사는 한 켠에서 잠시 쉬고 있었다.

병영 시약소로 옮겨 온 뒤 잠시도 쉰 적이 없었다. 주금도사는 참선하듯 반듯하게 앉아 눈을 감고 있었고, 슬이는 멍석에 누워 있었다.

"도사님!"

퉁개가 낮게 소리치자 주금도사가 눈을 떴다. 주금도사는 퉁개를 보자마자 빙그레 웃었다.

"어서 가시죠."

"그래, 가야지. 이젠 나가야지. 슬이야, 어서 일어나라."

주금도사의 말에 슬이가 퍼뜩 깨어났다. 퉁개는 슬이를 끌어안았다.

"어서 나가자. 아금치 대장이 도사님과 너를 꼭 탈출시키라고 했어."

"그래서 퉁개 형이 들어온 거야?"

슬이는 기쁨의 눈물을 흘렸다. 하지만 만남의 감격은 잠시뿐이었다. 치료 도구를 챙긴 주금도사와 함께 병영을 빠져 나갈 길이 급했다. 주금도사의 걸음은 젊은이 못지않았다. 담장으로 훌쩍 올라가 지팡이로 슬이를 잡아당겼다. 그리고 퉁개도 잡아올렸다. 세 사람은 그렇게 병영을 빠져 나왔다.

성 안으로 진입한 흑수 말갈 무사들은 관청이며 창고에 불을 질렀다. 여기저기서 불길이 치솟았다. 잠을 자던 당나라 사람들은 놀라서 이리저리 날뛰었다.

어림수를 비롯한 노예들도 노예 거주지에서 바삐 움직였다. 곧 당나라 군사들이 노예 거주지로 출동하여 치열한 전투가 벌어졌다.

다음 날 아침 뒷기미 나루에 모인 흑수 말갈 부족 수천 명은 뗏배로 강을 건너 동문 앞에 진을 쳤다.

이른바 배수진이었다. 뒤에는 물살이 센 강이고, 앞에는 책성이 버티고 있었다. 배수진을 친 흑수 말갈 부족들은 본격적인 공성 작전을 펼쳤다. 서문에 있는 아금치 무리와의 연락은 미루가 맡았다. 미루는 갈대밭을 지나 얕은 강을 건너 아금치 진영에 소식을 전했다. 길고도 치열한 전투는 열흘이나 계속되었다.

슬이는 아금치 무리의 후방에 있었다. 책성 서문 밖에서 5리쯤 떨어진 곳에 임시 시약소를 차렸다. 전투가 계속될수록 다치는 군사들이 많아졌다. 주금도사는 슬이와 함께 다친 군사들을 아무 말 없이 치료했다. 그 곳에는 아주머니들도 많았다. 주먹밥을 만들어 성 앞에서 싸우는 부흥군들에게 날라다 주고, 다친 군사들의 치료도 도왔다. 모두들 당나라를 물리쳐야 한다는 신념에 불탔다.

슬이는 약재를 달이면서도 혹시나 하고 어머니를 찾아보았다. 하지만 어머니의 모습을 찾을 수가 없었다. 널븐산성에 살던 사람조차 없었다. 그렇다고 마냥 슬픔에 젖어 있을 수도 없었다. 다친 군사들을 치료하는 일이 너무 바빴기 때문이다. 한창 환자를 치료하고 있는데 아금치 대장이 찾아왔다. 아금치 대장은 열흘이나 지속된 전투에 지친 표정이었다.

"도사님, 무슨 대책을 세워 주십시오. 성 안에서 반란을 일으킨 노예 군사들이 점점 줄어들고 있습니다. 이러다간 사기가 꺾일 것 같습니다. 부족장들도 도사님이 오시길 기다리고 있습니다."

"알겠네."

주금도사는 미소를 머금고 슬이를 불렀다.

"슬이야, 우리 싸움 구경이나 가자."

주금도사는 지팡이를 짚고 아금치 대장을 따라 나섰다. 갑옷을 입지도, 투구를 쓰지도 않았다. 누덕누덕 기운 옷을 입고 지팡이를 짚은 주금도사의 수염과 머리가 바람에 흩날렸다.

서문 앞에 도착한 주금도사는 주변을 살폈다. 그러고는 천천히 아금치 대장에게 말했다.

"아금치 대장, 성곽에서 방어하는 당나라 군사들보다 세 갑절은 더 힘을 쏟아야 겨우 비등하게 되네. 지금같이 싸워서는 승산이 없어. 저 성채보다 더 높은 목탑을 준비하게."

"목탑을 어디다 쓰시게요?"

"저 성문을 부수지 못하니까 태우기라도 해야지."

"당나라 군사들이 활을 쏘기 때문에 접근할 수가 없습니다."

"지금 서북풍이 불잖아. 저 성문보다 더 높은 목탑을 준비하도록 하게. 당나라 군사들에게 보이지 않는 곳에서 만들어 끌고 와야 해."

주금도사의 말에 진영에서 조금 떨어진 곳에서 목탑을 만들었다. 성문보다 더 높게 만든 목탑 안에는 짚을 잔뜩 넣고 기름을 부었다. 그리고 목탑을 성문 앞으로 밀고 왔다.

괴상하게 생긴 목탑이 다가오자 당나라 군사들은 손가락질하며 웃었다. 그러나 목탑이 서서히 성문 앞으로 다가가자 당나라 군사들이 일제히 화살을 쏘기 시작했다. 그래도 목탑은 멈추지 않았다. 화살방책으로 목탑 아래를 가린 채 조금씩 성문 쪽으로 다가갔다.

"불을 붙여라!"

주금도사가 소리쳤다.

불을 붙이자 목탑은 활활 타올랐다. 목탑을 밀고 갔던 군사들이 돌아왔다. 때마침 불어 오는 서북풍을 받으며 목탑은 거대한 불기둥으로 돌변했다. 불기둥은 시뻘건 불꽃을 날름거리다 성문으로 풀썩 넘겨졌다. 드디어 서문에 불이 옮겨 붙었다. 성곽 지붕까지 불길이 덮치자 기왓장들이 쏟아져 내렸다. 당나라 군사들이 물을 퍼부으며 불을 끄려고 안간힘을 쓰는 모습이 보였다. 하지만 세찬 서북풍 때문에 불길은 더욱 사납게 춤추었다.

아금치 부대는 불구경을 하며 조용히 모여 있었다. 이윽고 성문이 무너져 내렸다. 성문 앞을 가로막았던 통나무들과 성문 뒤에 버텨 놓았던 통나무들이 불에 탔다. 당나라 군사들이 성문 안쪽에서 황급히 임시 방책을 세우는 모습이 보였다. 임시 방책 뒤에는 당나라 군사들이 겹겹이 모여 창을 겨누고 있었다.

"아금치 대장, 지금이 절호의 기회야. 당나라 군사들이 임시 방책을 완성하기 전, 바로 지금."

주금도사가 나직이 속삭였다. 아금치 대장은 퍼뜩 정신을 차리고 장검을 뽑아 들고 소리치며 달려나갔다.

"성문이 무너졌다. 공격하라! 공격하라!"

순간 불구경을 하던 부흥군 군사들이 함성을 지르며 달려나가기 시작했다. 성곽에서 화살이 비 오듯 쏟아지는데도 아랑곳

하지 않고 계속 앞으로 나아갔다. 드디어 철갑기병들이 돌격해 들어갔다. 그 뒤에는 창을 든 군사들이 몰려들어갔다. 불어 오는 서북풍을 타고 부흥군 군사들은 물밀듯이 밀려들어갔다. 그 옆 성곽에서는 사다리를 놓고 기어올라간 부흥군들이 당나라 군사들과 접전을 벌였다. 쇠멧골에서 단련한 무사들은 당나라 군사들을 하나씩 물리쳤다. 임시 방책마저 철갑기병의 공격을 받고 무너졌다.

"슬이야, 이젠 우리 할 일을 하자꾸나."

주금도사가 서글픈 얼굴로 슬이에게 말했다. 슬이의 눈앞에서 펼쳐지는 전투는 정말 피비린내 나는 싸움이었다. 고구려의 옛 땅을 다시 찾기 위해, 빼앗은 땅을 지키기 위해 양편 군사들은 처절한 싸움을 벌였다.

승리의 그늘

　책성 태수가 간절히 기다리던 국내성 안동 도호부의 원군은 오지 않았다. 대조영 장군의 매복 작전에 걸렸기 때문이다. 대조영 장군의 무리는 국내성으로 출동하여 며칠 동안 숨어 있다가 책성으로 출동하는 안동 도호부 군사들을 급습했다.

　이미 공물을 되찾는 푸르멧 강 전투에서 협력했던 대조영 장군은 아금치 대장을 신뢰하고 있었다.

　서문은 불타고, 동문 수비대는 반란을 일으킨 노예들과 성 밖에서 공세를 펼치는 흑수 말갈 부족들의 협공을 당하고 있었다. 남문 쪽은 부흥군의 공세가 없었다. 그것은 주금도사의 전략이었다.

동문과 서문에서 군사들이 처절하게 방어하고 있을 무렵, 책성 태수는 서둘러 남문으로 도주했다. 태수가 도주했다는 소문이 떠돌자 당나라 군사들은 전의를 상실하고 말았다. 서북풍에 쓸리는 낙엽처럼 남문을 향해 우르르 몰려 나갔다.

드디어 어림수를 비롯한 책성 안 노예 군사들이 동문을 열었다. 밀려드는 흑수 말갈 부족들과 문을 열어 준 노예 동포들이 눈물의 해후를 했다. 그러고는 성 안으로 밀려들어갔다. 두 줄기의 커다란 사람의 물결은 병영 마당에서 만나 한 덩어리가 되었다.

와! 와! 승리의 함성은 하늘을 찌를 듯했다. 아금치 대장은 말에서 내려 어림수와 굳은 악수를 나누었다. 아금치 대장은 갑옷에 투구를 쓰고 있었지만, 어림수는 허름한 삼베옷 차림에 창을 들고 있었다.

"아금치, 태수가 남문으로 도주했네. 뒤쫓을까?"

"아닐세. 도주하는 당나라 군사들은 우리보다 숫자가 많아. 자칫하면 반격을 당할 수도 있어. 주금도사께서 성을 탈환하면 즉시 방어 태세로 들어가라고 말씀하셨네."

"흠, 도사님의 전략이 맞을 것 같군. 하여튼 성 안을 평정하세."

아금치 대장과 어림수는 다시 악수를 나누고 헤어졌다. 성 안의 평정은 하루 동안 계속되었다. 미처 도주하지 못한 당나라 군사들을 포로로 잡고, 무기를 노획했다. 고구려 노예들이 만든 화살은 열흘 동안 거의 다 써 버려 바닥이 난 상태였다.

그런데 성 안이 아수라장이 되었다. 군사들은 당나라 군대가 남기고 간 곡식이며 옷감을 차지하고, 관리들이 살던 방을 쳐들어가 마구 뒤졌다. 그리고 병영 마구간에 매어 놓은 말과 소를 끌어갔다. 서로 차지하려고 싸움도 했다.

퉁개가 말을 타고 돌아다니며 소리쳤다.

"여러분! 아금치 대장의 명령을 전합니다. 전리품을 병영 마당으로 옮기세요. 전리품을 모두 거두어 이번 전투에 참가한 부족 별로 나눠 줄 겁니다. 우선 성 안을 정비하랍니다. 흑수 말갈은 성의 동쪽, 백산 말갈은 남쪽, 쇠멧골 부흥군 무리는 서쪽, 노예 군사들은 북쪽을 맡아 정비하세요. 아금치 대장의 명령입니다. 명령을 어기면 군율로 엄히 다스리겠답니다."

책성 안이 워낙 넓어 아금치 대장의 명령을 퉁개 같은 전령사들이 전해야 했다. 퉁개의 말에 물건을 서로 차지하려고 싸움을 벌이던 군사들은 머쓱해하며 얼굴을 붉혔다.

아금치 대장은 성 안의 모든 재산을 조사하여 장부에 기록했다. 불과 며칠 전만 해도 고구려 노예들이 기거하던 노예 거주지에는 포로로 잡힌 당나라 군사들이 갇혔다. 슬이가 드나들던 굴은 흙으로 메워 버렸다. 그리고 전보다 더욱 견고하게 통나무로 담장을 세웠다. 고구려 노예들이 발목에 차던 족쇄는 당나라 군사들과 관리들의 차지가 되었다.

성문 밖에는 독수리들이 하늘을 맴돌고 있었다. 까마귀들도 주검의 냄새를 맡고 떼 지어 날아왔다. 당나라 군사들과 부흥군 군사들의 주검은 수레에 실려 북쪽 들판으로 향했다.

서문 밖 후방에서 창검과 말굽을 만들던 임시 대장간의 연장들과 부흥군 군사들이 먹을 밥을 짓던 가마솥들은 마차에 실려 성 안으로 들어갔다. 물건을 나르는 백성들의 얼굴에는 승리의 기쁨이 충만했다.

하지만 부상당한 군사들을 치료하는 임시 시약소에는 고통스런 신음 소리가 끊임없이 이어졌다. 가벼운 상처를 입은 군사들은 치료를 받고 걸어서 성 안으로 들어갔지만, 중상인 군사들은 그대로 임시 시약소에 누워 있어야 했다.

창검에 찔리거나 화살을 맞은 군사들은 비명을 지르며 아픔을 호소했다. 피를 흘리며 버둥대는 환자들은 수없이 많았다. 주금도사는 날랜 손놀림으로 몸에 박힌 화살을 뽑고 약을 발랐다. 슬이는 그 처참한 현장에서 많은 것을 깨달았다. 슬이는 주금도사와 함께 밤잠을 설치며 치료에 전념했다. 환약을 먹이고, 고약을 바르고, 때로는 과감한 수술도 했다.

주금도사와 슬이는 죽어 가는 부흥군 군사의 마지막 모습을 안타깝게 지켜 보고 있었다. 당나라 군사와 접전을 벌이다 창에 배를 찔린 부흥군 군사는 피를 너무 많이 흘려 가망이 없었다. 주금도사가 환약을 먹이고 배를 갈라 수술했지만 이내 의식을 잃고 말았다. 슬이는 죽어 가는 군사의 입술에 물을 흘려 넣었다. 입술이 새까맣게 탄 군사는 스르르 눈을 감았다.

"슬이야, 그 사람은 이제 저승으로 갔다. 그래도 우리가 승리한 사실을 알고 눈을 감았으니 저렇게 미소를 짓는구나."

주금도사는 눈을 지그시 감은 채 말했다. 슬이는 그 군사가 다시 한 번 눈을 뜨고 숨을 쉬길 간절히 바랐다. 책성에서 노예로 살 때 목수가 깎아 준 염주를 매만지며 부처님의 가호를 빌기도 했다. 주금도사가 가르쳐 준 염불을 외워 보기도 했다. 하지만 숨진 군사는 책성이 함락되어 기쁜 듯 얼굴에 엷은 미소를 띤 채 늘어졌다. 그 군사가 누운 자리에는 피가 흥건했다. 주금도사가 그 군사의 얼굴에 삼베 헝겊을 덮었다. 어느 부족인지 이름이 무엇인지 알 수도 없었다.

그렇다고 마냥 슬픔에 잠겨 있을 수는 없었다. 부상 군사를 옮기는 마차가 다가왔다. 슬이는 눈물을 훔치고 신음하는 군사를 부축하여 마차에 태웠다.

"아저씨, 정신 차리세요. 힘내세요. 우리가 승리했습니다. 이제 성 안 병영으로 들어갑니다."

슬이는 마지막 부상 군사의 손을 꼭 잡았다. 그 동안 주금도사는 치료 도구를 챙겼다. 며칠 동안 잠시도 쉬지 못한 채 치료한 나머지 금방이라도 쓰러질 듯했다. 부상 군사를 태운 마차가 느릿느릿 떠났다.

그 때였다. 성 안에서 말 한 필이 급하게 달려나왔다. 퉁개였다. 퉁개는 숨을 헐떡이며 황급히 말했다.

"도사님, 아금치 대장이 빨리 들어오시랍니다."

"왜? 무슨 일이 있니?"

"지금 평양성에서 당나라 안동 도호부 군사 삼만 명이 이리 오고 있답니다. 비상 사태예요. 성 밖의 모든 백성과 군사들은 모두 성 안으로 들어가야 합니다. 아금치 대장이 주금도사님하고 대책을 세우고 싶대요. 슬이야, 어서 도사님을 모시고 성 안 지휘소로 가. 큰일났어."

"그게 정말이야, 퉁개 형?"

슬이는 깜짝 놀라 물었다. 퉁개는 말없이 고개를 끄덕이고는 다른 곳으로 달려가며 소리쳤다.

"아금치 대장의 명령을 전합니다! 즉시 성 안으로 들어가세요! 비상 사태입니다!"

주금도사는 퉁개의 뒷모습을 물끄러미 바라보며 미소를 지었다.

"허허. 그래 슬이야, 이젠 성 안으로 들어가자꾸나."

주금도사와 슬이는 천천히 성 안으로 들어갔다. 퉁개의 말을 들은 군사와 백성들은 겁에 질려 달려왔다.

책성 지휘소는 승리의 기쁨보다 다가오는 당나라 안동 도호부의 군사 때문에 근심에 휩싸여 있었다. 주금도사가 들어서자 모두들 일어섰다.

"도사님, 환자 치료는 다른 의원들에게 맡기고 작전을 세워주십시오. 삼백 리 밖으로 쫓겨났던 책성 태수가 다시 전열을 정비하여 이리 오고 있답니다."

"뭐야? 그 사실을 어떻게 알았나?"

"책성에서 당나라 앞잡이를 하던 자가 잠입했다가 잡혔습니다. 우리 고구려 사람들을 이간질하고 당나라 관리들에게 일러바치던 자올시다. 그 자가 태수의 명을 받고 여기 상황을 정탐하러 들어왔습니다."

"그래? 그 자는 지금 어디 있나?"

"포로 거주지에 가두었습니다."

아금치 대장의 말에 주금도사는 버럭 화를 냈다.

"아니, 첩자를 당나라 포로들 사이에 넣었다고? 포로들이 그 자와 내통하고 모의를 하면 어쩌려고. 당장 이리 데려오게."

주금도사의 말에 아금치 대장은 얼굴을 붉혔다. 부족장들도 주금도사의 뜻에 공감하는 듯 고개를 끄덕였다. 어림수가 황급히 포로 거주지로 달려가 첩자를 데려왔다. 밧줄에 꽁꽁 묶인 첩자는 사색이 되어 벌벌 떨었다. 주금도사는 천천히 첩자를 살폈다. 그 때 지휘소 아래에 있던 슬이가 소리쳤다.

"도사님, 퍼들내에서 저와 도사님을 붙잡는데 앞장 선 사람이에요. 약을 빼앗고 귀틀집에 불 지르던 그 사람이 맞아요."

"흠, 그렇구나. 우리가 당나라 군사들에게 잡혀 노예살이를 할 때 거들먹거리던 그 앞잡이. 맞아."

주금도사는 지휘소 아래로 내려가 첩자 앞에 쭈그리고 앉았다. 지휘소의 모든 사람들이 지켜 보는 가운데 주금도사는 첩자에게 미소를 지으며 말했다.

"이보게, 자네는 어느 족속인가?"

"안거골 말갈 부족입니다. 본디 요동 땅 개모성이 고향인데, 성이 함락되어 이리 끌려왔습니다."

"개모성 안거골 말갈족이라. 참 고생이 많았군. 거긴 여기에서 천오백 리가 넘는 곳인데……. 태수는 무엇 때문에 자넬 이리 보냈는가?”

  “예, 태수는 성을 빼앗겨 무척 화가 나 있습니다. 이 곳을 빼앗은 부흥군 군사의 숫자며, 포로로 잡힌 당나라 군사와 관리가 얼마나 있는지 알아 오라고 했습니다.”

  “그래, 태수는 지금 어디에 있나?”

  “여기서 삼백 리 떨어진 동해안에 머무르면서 평양성 안동도호부 원병이 오길 기다리고 있습니다. 태수는 국내성 원군이 오지 않자 평양성에 군사 삼만을 요청했습니다.”

"국내성 당나라 군대는 대조영 장군에게 격파되어 요동 땅으로 물러났네. 그런데 태수 휘하 당나라 군사는 얼마나 남아 있나?"

"만 명 조금 넘는 것으로 압니다."

주금도사는 고개를 끄덕이고는 첩자에게 말했다.

"여긴 이만 명이 넘어. 대조영 장군이 이리 오면 사만이 넘지. 풀어 줄 테니 태수에게 가서 전하게. 일전을 다시 겨루자고. 그리고 당나라가 그렇게 좋다면 어서 가게."

첩자는 밧줄을 풀어 주자 눈물을 흘리며 무릎을 꿇었다. 그러고는 용서를 빌었다.

"잘못했습니다. 사실 태수의 명을 받고 이리 오면서 양심의 가책을 많이 느꼈습니다."

"그랬나? 그러면 이번에는 우리 고구려를 위해 일해 보게. 아마 동포들은 자네의 죄를 말끔히 용서할 거야. 부흥군 군사가 될 수도 있어. 평양성 안동 도호부 군사들이 어디까지 오고 있는지 알아 가지고 오게."

"알겠습니다. 저 역시 고구려 사람입니다."

첩자는 굳게 약속하고 떠났다. 그리고 열흘 뒤 다시 나타났다. 그 동안 책성은 전투 준비로 비상이 걸려 있었다. 성곽 위에 투석기를 설치하고 돌을 산더미처럼 쌓았다. 그리고 화살이며 창검을 수없이 준비했다. 성문 안에는 임시 방책을 겹겹이 설치하여 철옹성처럼 진지를 구축했다. 첩자는 병영 시약소에서 부상 군사를 치료하는 주금도사를 찾아와 엎드렸다.

"도사님, 태수는 지금 평양성으로 가고 있습니다. 안동 도호부 원병은 이리 오지 않습니다."

"왜? 평양성에 무슨 일이 있나?"

"당나라가 신라마저 집어 삼킬 모략으로 옛 백제 땅에 웅진 도독부를 설치했습니다. 그래서 평양성 아래에 있는 아달성과 원시성에서 신라군과 당나라군이 결전을 벌일 것 같습니다. 책성 태수는 평양성 안동 도호부 설인귀 도독에게서 남하하여 함께 싸우라는 명령을 받고 출발했습니다. 지금 신라 땅에서 북상 중인 군사는 삼만이 넘으며 김인문 장군이 지휘하고 있답니다."

"오호, 신라가 당나라에 맞서 싸운다고? 그게 정말인가?"

주금도사는 첩자와 슬이를 데리고 지휘소로 달려갔다.

"이보게들, 우리가 원수처럼 여기던 신라가 당나라와 싸운다네. 희망을 갖게. 당나라 고종황제는 병약해서 측천무후가 섭정을 하는데, 조정이 어지러워. 그런데다 신라가 당나라에 항거하고 있으니, 하늘이 우리를 돕는 걸세."

"도사님, 그게 정말입니까?"

"신라가 우릴 도운 게야, 신라가. 허허허. 신라가 당나라 안동 도호부와 싸우는 동안 자네들은 이 중원을 장악해야 되네."

"도사님, 이렇게 기쁠 수가요. 신라가 당나라와 싸우다니……."

"하여튼 자세한 일은 좀더 두고 보세. 우선 이 첩자를 용서하게나. 이렇게 다시 찾아왔으면 과거를 뉘우친 걸세."

삽시간에 지휘소는 흥분의 도가니가 되었다. 책성을 탈환했을 때만큼이나 들뜨고 기쁜 일이었다.

뜨거운 만남

    드디어 대조영 장군이 책성으로 들어왔다. 원래 대조영 장군은 국내성 안동 도호부 당나라 군사들을 요동성 밖으로 쫓아낼 계획이었다. 그런데 전령사 미루가 전한 아금치 대장의 간곡한 편지를 받고는 생각을 바꿨다. 만약 평양성 안동 도호부의 당나라군과 쫓겨난 책성 태수가 합동으로 다시 쳐들어온다면 아금치의 고구려 부흥군이 위기에 빠지기 때문이다. 대조영 장군은 몸소 미루에게 책성 사정을 듣고는 서둘러 출발했던 것이다.

    고구려가 망한 뒤 새롭게 나타난 지도자를 보려고 모두들 성문 밖으로 몰려나왔다. 아금치 대장을 비롯한 부흥군 지도자들은 책성 밖 20리 길을 마중 나갔다.

부흥군 군사들은 길 양편에 늘어서 있었다. 시퍼렇게 날을 세운 창과 깃발들. 바람에 나부끼는 형형색색의 깃발은 아름다웠다.

슬이는 부상당한 군사들을 마차에 태우고 성문 쪽으로 갔다. 아파하면서도 대조영 장군의 모습을 보고 싶어했기 때문이다. 부상당한 군사들은 감격에 겨워 눈물을 흘렸다.

"애야, 대조영 장군은 언제 오시느냐?"

"저기, 저기 들어오세요."

이윽고 대조영 장군이 성문 안으로 들어왔다. 대조영 장군은 수많은 막료들을 거느리고 있었다. 그 중에는 아금치 대장도 있었다. 황금빛 갑옷에 투구를 쓴 대조영 장군이 탄 백마가 천천히 지나쳤다.

그 때였다. 대조영 장군 막료들 뒤를 따르던 전령사가 슬이를 힐끔 보고는 깜짝 놀라는 것이었다. 전령사는 하급 군사이지만 늘 대장 가까이에서 명령을 전해야 하기 때문에 막료들 사이에 있었다. 그것은 미루나 통개도 마찬가지였다. 전령사가 놀라자 말도 덩달아 앞발을 들고 히힝거렸다. 대조영 장군도 잠시 말을 멈췄다.

"전령사, 왜 그러느냐?"

"아닙니다, 대장군."

고개를 숙였던 전령사는 슬이를 다시 한 번 뚫어지게 바라보곤 지나쳤다. 기마군사의 무리는 끝이 없었다. 전령사는 다시 뒤를 돌아보았다. 슬이와 눈길이 다시 마주친 전령사는 고개를 갸웃하고는 입을 굳게 다물고 돌아섰다.

이윽고 지휘소 대청에 대조영 장군이 앉았다. 그 뒤에는 대조영 장군의 막료들이 서 있었다. 아금치 대장은 대청 아래에서 정중히 인사하고 경과를 보고했다.

"존경하는 대조영 장군님. 이 책성 탈환 작전엔 백산 말갈 열다섯 부족, 흑수 말갈 스물다섯 부족, 쇠멧골 부흥군 무리, 그리고 책성 안에서 반란을 일으킨 노예 군사들을 합쳐 칠천 군사가 참가했습니다. 비록 군사는 아닐지언정 무기와 식량을 운반하고 부상 군사를 옮기는 일을 한 백성까지 합치면 이만이 넘습니다."

대조영 장군은 고개를 끄덕이며 근엄한 미소를 지었다.

"수고들 많았습니다. 칠천밖에 안 되는 적은 군사로 갑절이나 많은 당나라군을 상대로 싸워 성을 탈환했으니 정말 장합니다. 참으로 대단한 승리를 거두었습니다."

대조영 장군은 자리에서 일어나 계단을 내려와 아금치 대장을 끌어안았다. 그러고는 손을 잡고 계단을 올라갔다. 아금치 대장은 대조영 장군 옆에 앉았다.

이어 군사들의 사열식이 있었다. 성 안으로 돌격할 때에 수훈을 세운 철갑기병, 궁수, 창수, 부월수들이 줄지어 섰다. 군사들의 맨 앞에는 노예 대장 어림수가 청마를 타고 있었다.

"대장군께 경례!"

어림수가 소리치자 군사들이 경례를 했다. 대조영 장군은 답례를 했다. 그러고는 엄숙한 표정으로 소리쳤다.

"모두들 들으시오! 이제 이 동부 지역은 여러분의 힘으로 완전히 평정됐습니다. 책성 탈환 작전에 큰 공을 세운 아금치 대장을 책성 태수로, 노예 군사를 이끌고 성 안에서 처절한 항전을 한 대장장이 어림수를 책성의 부장으로 임명합니다. 여러 부족 장수와 군사들에게는 공훈에 따라 상급을 내릴 것입니다. 여러분, 이제 고구려의 웅대한 기상을 이어받은 새 나라를 만듭시다. 우리 땅에서 당나라 군대를 물리칩시다. 이 동북에서 요동까지, 서북쪽은 고비 사막 그 너머까지, 남으로는 아리수 그 너머까지 우리의 땅을 되찾읍시다. 대륙의 중원을 제패합시다!"

사열한 군사들이 함성을 질렀다. 창과 장검을 하늘 높이 치켜들고 우렁찬 함성을 오래도록 질렀다.

함성은 병영 시약소가 흔들릴 만큼 크게 들렸다. 그런데 함성과는 달리 초조하게 성 안을 돌아다니는 군사가 있었다. 대조영 장군의 전령사였다. 이곳저곳을 찾아다니다 병영 시약소까지 다다르게 되었다. 말에서 내린 전령사는 부상 군사들이 누워 있는 병상을 헤매다 슬이를 발견했다.

"슬이야, 슬이야!"

전령사는 소리를 지르며 달려왔다. 슬이도 대조영 장군의 뒤를 따르던 전령사를 기억하고 있었다.

"아버지? 아버지!"

틀림없는 아버지였다. 널븐산성에 살 때에 입던 옷 대신 갑옷을 입고 투구를 쓴 군사로 변했을 뿐 아버지가 맞았다. 슬이와 아버지는 부둥켜안고 뜨거운 눈물을 흘렸다.

"아버지는 당나라 군사들에게 잡혀 가다 고구려 부흥군을 만나 구출되었다. 그러다 대조영 장군의 전령사가 되었지. 널 찾으려고 고구려 땅 곳곳을 돌아다녔단다. 그런데 이 책성에 네가 있을 줄이야. 여긴 한 번도 오질 않았어."

"아버지, 엄마는요?"

"잘 있단다. 현덕부에 계셔. 늘 네 걱정뿐이란다."

슬이는 아버지에게 그 동안의 이야기를 들려 주었다. 그리고 주금도사에게 아버지를 인사시켰다. 슬이 아버지는 주금도사에게 넙죽 큰절을 올렸다.

"저희 아들을 보살펴 주셔서 감사드립니다."

"별 말씀을⋯⋯. 오히려 내가 이 아이의 보살핌을 받았다오. 참 슬기롭고 의지가 강한 아들을 두셨소."

주금도사는 미소를 지으며 말했다. 그런데 슬이 아버지는 대조영 장군을 가까이 모시는 전령사이기 때문에 병영 시약소에서 오래 머물 수가 없었다.

슬이 아버지는 슬이를 안아 주고는 다시 오겠다며 말에 올라탔다. 슬이는 꿈이 아닌지 뺨을 꼬집어 보았다. 틀림없는 현실이었다. 슬이가 아버지를 만나자 미루와 퉁개도 달려와 기뻐했다.

슬이 아버지는 밤이 이슥해서야 다시 돌아왔다. 슬이는 오랜만에 아버지와 단잠을 잤다. 그런데 주금도사는 부상당한 군사들을 어루만지며 밤을 지새웠다.

아직 슬이가 꿈 속을 헤맬 무렵, 슬이 아버지는 조심히 일어났다. 앉은 채 깊은 침묵에 잠겨 있는 주금도사가 눈에 띄었다. 슬이 아버지는 주금도사의 침묵을 깨지 않으려고 조심스레 병영 시약소를 나섰다.

다음 날 아침, 책성에서는 성대한 잔치가 벌어졌다. 소와 돼지를 잡고 떡을 빚었다. 군사들은 모처럼 배불리 먹으며 승리의 기쁨을 함께 즐겼다.

지휘부에도 잔칫상이 차려졌다. 전투에 참가한 여러 부족장들과 장수들이 대조영 장군과 함께 술잔을 들었다.

"국내성 안동 도호부 당나라 원군을 격파하신 대장군 부대에 영광을 돌립니다."

아금치 대장의 말에 대조영 장군은 호탕한 웃음을 터뜨렸다.

"하하하, 아니오. 당연히 해야 할 일이었소. 아참, 책성 안에 소년 무사 삼 형제가 있다던데?"

"예, 있습니다. 친형제는 아니고, 족속이 다른 의형제입니다. 소년 무사 삼 형제 뒤에는 주금도사라는 의원이 있는데, 의술이 뛰어나고 신통력이 있는 분입니다. 저희가 이렇게 강력한 군사를 조직한 건 주금도사의 지도가 있었기 때문입니다."

아금치 대장은 자랑스러운 얼굴로 말했다.

"하하, 주금도사란 분의 이야기는 이미 들었소. 주금도사와 소년 무사 삼 형제를 지금 이리 불러 오시오. 보고 싶소이다."

대조영 장군은 인재를 모으고 있었다. 주금도사를 고구려 부흥군의 전략과 전술을 담당하는 군사(軍師)로 모시고, 소년 무사 삼 형제를 양자로 삼고 싶었다.

아금치 대장은 어림수에게 주금도사와 소년 무사 삼 형제를 데려오라고 명령을 내렸다. 그런데 가까이 있어야 할 전령사 미루는 물론 퉁개도 보이지 않자 어림수가 지휘소를 달려 나왔다.

어림수는 한달음에 병영 시약소로 가 보았지만, 주금도사는 물론 슬이조차 보이지 않았다. 다른 의원들은 서로 눈길만 마주칠 뿐, 아무것도 몰랐다. 어림수는 당황하여 기마군사들을 불렀다.

"주금도사와 소년 무사 삼 형제가 사라졌다. 혹시 당나라 밀정에게 잡혀 갔는지도 몰라. 동서남북 네 방향으로 나눠서 성 밖을 샅샅이 수색해라. 난 남쪽을 맡겠다. 어서 나가자. 이랴, 이랴!"

어림수의 말이 앞장 서서 달려나갔다. 아침부터 급작스럽게 기마 수색대 군사들이 몰려 나가자 사람들은 어리둥절했다. 아들 슬이도 사라졌다는 말을 들은 슬이 아버지도 기마 수색대를 따라 달리기 시작했다.

고갯마루에서

푸른 하늘과 맞닿은 고갯마루에서 주금도사와 미루, 퉁개, 슬이가 아쉬운 작별을 하고 있었다. 말이 세 필이나 있었지만 모두들 걸어서 고갯마루까지 올라왔다. 미루와 퉁개, 슬이는 금방이라도 울음을 터뜨릴 듯한 슬픈 얼굴이었다.

"이제 그만 돌아가거라."

주금도사는 손을 내저으며 말했다. 넝마같이 누덕누덕 기운 단벌 옷, 짊어진 작은 자루, 지팡이가 전부였다.

"도사님, 정말 가실 겁니까?"

미루가 말했다. 주금도사의 마음을 돌이키려고 벌써 몇 번이나 같은 말을 했는지 모른다.

"가야지. 나는 이미 빛을 잃은 별이고, 너희들은 저 새 나라에 떠오르는 샛별이니라."

"저희 아버지 말씀으로는 대장군께서 도사님을 모실 거라고 합니다. 저희들과 같이 현덕부로 가시면……."

이번엔 슬이가 말했다. 주금도사는 슬이를 바라보며 보일 듯 말 듯한 미소를 머금었다. 그러고는 단호하게 말했다.

"너희들과의 인연은 이것뿐이다. 미루 너는 훌륭한 장수가 될 것이다. 그리고 퉁개는 흑수 말갈 대부족장에게 이야기를 해 두었다. 넌 흑수 말갈을 이끄는 지도자가 될 것이야. 부디 무예와 덕을 닦아서 새 나라의 지도자가 되기 바란다."

주금도사는 허리춤에 차고 있던 침낭 주머니에서 엄지손톱만한 은 조각 세 개를 꺼냈다. 미루에겐 의(義)자, 퉁개에겐 용(勇)자, 슬이에겐 인(仁)자가 새겨진 은 조각을 나눠 주었다.

"너희는 비록 의형제지만 의리와 용기와 사랑으로 뭉쳐 새 나라 건국에 이바지하여라. 그리고 슬이는 내가 적어 놓은 처방 비법을 잊지 말고 익혀서 훌륭한 의원이 되어라."

이젠 주금도사의 발길을 돌릴 수가 없었다. 하얗게 빛나는 작은 은 조각을 매만지며 세 소년은 눈길을 내리깔았다. 주금도사도 세 소년과 헤어지는 발길이 무거운 듯 잠시 말이 없었다.

"도사님, 그럼 어디로 가실 건가요?"

퉁개가 눈물이 그렁그렁한 눈길로 주금도사를 올려다보며
물었다.

"훼이훼이 발길 닿는 대로 가련다, 허허."

주금도사는 지팡이를 짚고 자리에서 일어났다. 그러고는 세
소년을 한 번씩 안아 주고는 돌아섰다. 세 소년은 허리를 굽혀
마지막 작별 인사를 했다.

"살펴 가십시오, 도사님!"

세 소년은 합창으로 인사말을 했다.

"오냐. 부디 나라를 세우는 데 큰 공헌을 하길 바란다."

주금도사는 은은한 미소를 남기고 고개를 내려갔다. 세 소년은 합장한 손바닥에 은 조각을 끼우고 오랫동안 서 있었다.

주금도사는 지팡이를 짚으며 휘이휘이 고개를 내려갔다. 이윽

고 주금도사의 모습이 사라졌다.

그 때였다. 요란한 말굽 소리가 들렸다. 부연 흙먼지를 일으
키며 기마 수색대가 고개를 올라오고 있었다. 세 소년을 발견
한 기마 수색대에서 누군가 소리치며 손을 흔들었다.

미루와 퉁개, 슬이는 제각기 말에 올라탔다. 그러고는 주금
도사가 사라진 반대편 언덕으로 달려 내려갔다. 다그닥다그
닥……. 말 세 필이 달리는 소리가 바람에 실려 고개 너머로 사
라졌다.

〈한석청 작가〉의 역사소설, 함께 읽어 보세요!

바람의 아이 (푸른도서관 19)
꿈 그리기 (미래의 고전 9)
세아의 길 (미래의 고전 14)

한 석 청

1957년 강원도 철원에서 태어나, 1992년 '천주교문학'에 소설이 당선되어 작가로 활동하기 시작했다. 2000년 장편 역사동화 『바람의 아이』로 대산문화재단 창작기금을 받으며 아동문학을 시작했다. 지은 책으로 장편동화 『바람의 아이』, 『꿈 그리기』, 『아름다운 시절』, 『세아의 길』과 논픽션 『100년 전 아이들은 어떻게 살았을까』 등이 있다. 꾸준히 우리 역사를 담은 동화를 천착해 오던 중 2005년 4월 이른 나이에 아깝게 뇌출혈로 작고했다.

여러분 마음 속에 웅대한 발해의 기상이 깃들기를 바랍니다

『바람의 아이』에는 잊혀진 동포였던 고구려 말갈족 소년들이 나옵니다.

우리는 고구려 말갈족을 한겨레와는 다른 족속으로 생각했습니다. 하지만 수천 년 동안 함께 살아왔습니다. 그들이 숭배하던 신화도, 말이나 풍습도 우리 겨레와 아주 가깝다고 합니다. 뿐만 아니라 유전자 형질도 거의 같다는 사실이 밝혀졌습니다.

우리는 그들을 오랑캐라 부르기도 했습니다. 본디 오랑캐란 중국 한족(漢族)들이 북방의 이민족들을 낮추어 부른 말입니다.

우리 겨레는 북방 몽골리안 계통의 많은 부족들이 역사의 소용돌이에서 모아짐과 헤어짐을 거듭하며 형성되었습니다. 거기에 남방계통 몽골리안과 여러 갈래 족속이 합류했습니다.

고구려 소년들이 이 작품에서 활동한 시기는 서기 7세기 말이며, 무대는 현재 중국 지린성 일대입니다.

　그 시절 고구려의 옛 땅은 당나라 안동 도호부가 지배하고 있었습니다. 고구려 사람들은 부흥군을 조직하여 끊임없이 당나라에 맞섰습니다. 이 책에서는 빼앗긴 땅을 되찾기 위해 광활한 대륙을 향해 말 달리던 고구려 소년들의 씩씩한 모습을 생생하게 담아 내려고 애썼습니다.

　이 작품을 읽는 독자 여러분 마음 속에 웅대한 고구려와 발해의 기상이 듬뿍 담기기 바랍니다.

2000년 10월
한석청

푸른도서관은 10대에서 20대까지 눈부신 성장을 거듭하는 푸른 세대를 위한 본격 문학 시리즈입니다.

*〈푸른도서관〉 시리즈는 계속 나옵니다!